Hannah Kaiser

Die Verlockung des Glücks

Liebesroman

1. Auflage Juni 2013

Covergestaltung: www.bookcoversale.com
Coverfotos: www.shutterstock.com

hannah.kaiser79@gmx.de

Inhalt

Kapitel 1 7
Kapitel 2 14
Kapitel 3 20
Kapitel 4 26
Kapitel 5 38
Kapitel 6 43
Kapitel 7 51
Kapitel 8 59
Kapitel 9 69
Kapitel 10 80
Kapitel 11 84
Kapitel 12 96
Kapitel 13 106
Kapitel 14 115

Kapitel 15 125

Kapitel 16 130

Kapitel 17 139

Kapitel 18 146

Kapitel 19 158

Kapitel 20 164

Kapitel 21 170

Kapitel 22 181

Kapitel 23 188

Danksagung 202

Teil 1: Deutschland

Kapitel 1

Es ist Freitagmittag und draußen sind es über 30 °C. Ich hasse den Sommer, ich hasse diese verdammte Hitze, die sowohl die Luft als auch mein Hirn flirren lässt und dafür sorgt, dass mein Gesicht hochrot und glänzend wird, während meine Kleidung mir unangenehm am Körper klebt. Ich kann seit Tagen nicht mehr schlafen, weil es so unerträglich heiß ist. Und weil ich grundsätzlich meist nicht gut schlafen kann.

Ich steige in mein Auto, setze die Sonnenbrille auf und drehe die Klimaanlage auf die höchste Stufe, in der Hoffnung, dass sich der in meinem Auto herrschende Saunaeffekt so für den kurzen Weg bis zum Supermarkt wenigstens ein bisschen abmildern lässt. Sie summt kurz auf und in dem Moment, in dem ich die kühle Luft schon meine, auf meiner Haut spüren zu können, wird sie plötzlich still und macht … einfach gar nichts mehr. Das verdammte Mistding hat anscheinend seinen Geist aufgegeben!

Elender, verdammter Mist!

Ich sollte mir wirklich endlich angewöhnen, die jährlichen Werkstatttermine für mein Auto einzuhalten. Aber irgendwie sind mir Geld und Zeit immer zu schade. Zusätzlich fühle ich mich in einer Autowerkstatt merkwürdig fehl am Platz und dementsprechend unwohl, selbst wenn es nur darum geht, mein Auto dort abzugeben und es später wieder abzuholen.

Leider rächt sich meine Nachlässigkeit diesbezüglich jetzt gerade bitter und ich verfluche meine mangelnde Disziplin, die leider viel zu oft dazu führt, dass ich unangenehme Pflichten einfach nicht wahrnehme.

Ich öffne sowohl das Fenster an der Fahrerseite als auch das Dachfenster soweit wie möglich und hoffe, dass mir das wenigstens ein kleines bisschen Erfrischung bringen wird. Doch ich hoffe vergebens. Die Sonne knallt ohne Erbarmen auf mein kleines Auto und nach nicht mal einer Minute habe ich bereits eine ungefähre Vorstellung davon, wie sich wohl ein Stück Grillgut unmittelbar vor der Verzehrfertigkeit fühlen muss.

Als ich kurz vor meinem Ziel links abbiegen will, muss ich leider feststellen, dass mitten auf der Straße wie aus dem Nichts über Nacht eine neue Baustelle entstanden ist und mir nun, fett und dreist, den Weg versperrt und mich dazu zwingt, diverse Umleitungen zu fahren.

Nach zwanzig anstatt nach fünf Minuten Fahrt komme ich schließlich, gänzlich entnervt, überhitzt und verschwitzt, auf dem völlig überfüllten Supermarktparkplatz an, habe Kopfschmerzen und eigentlich nur noch ein Ziel: Ich will so schnell wie möglich wieder nach Hause.

Ich sehe einen freien Parkplatz, setze den Blinker und als ich gerade rechts einschlagen will, kommt von der anderen Seite ein ganz und gar übertrieben großer Jeep und schnappt mir den letzten freien Parkplatz weg.

Während ich noch fassungslos auf den nun nicht mehr freien Parkplatz starre, klettert ein riesengroßer, muskelbepackter Typ aus dem Jeep und lächelt völlig unbekümmert, während er sich lässig eine Sonnenbrille aufsetzt.

„Arschloch!", sage ich viel zu laut, als er an meinem Auto vorbei geht und vergesse dabei, dass ich vorhin alle verfügbaren Wagenfenster aufgemacht habe und er mich hören kann. Bei einem näheren Blick auf seine Muskelpakete zucke ich innerlich kurz zusammen. Ich kann nur hoffen, dass er kein jähzorniger Schläger ist. Doch sein Grinsen wird nur ein bisschen breiter und er wirft mir, als er genau vor der Motorhaube meines Wagens entlangläuft, eine Kusshand zu.

Wenn mein Gesicht nicht schon von der Hitze rot glühend wäre, dann würde es das spätestens jetzt vor Zorn werden. Ich gebe einmal kräftig Gas, was den Muskeltypen dazu veranlasst, erschrocken einen Schritt zur Seite zu machen. Ich grinse schadenfroh.

„Arrogantes, überhebliches, schreckhaftes Arschloch!", dieses Mal spreche ich so leise, dass er mich nicht hören kann. Ich bin zwar nicht unbedingt feige, aber lebensmüde bin ich auch nicht.

Ich spiele kurz mit dem Gedanken, ihm vielleicht einen dicken Kratzer in seine dämliche Karre zu machen, wenn ich irgendwann endlich selbst auch mal einen Parkplatz gefunden haben sollte, sehe dann aber im Vorbeifahren, dass es sich um einen Mietwagen handelt. Damit wäre es zwar ärgerlich für ihn, würde ihn aber wohl nicht so persönlich treffen, wie es das täte, wenn es sein eigenes Auto wäre, das er immer hätschelt und pflegt. Ich verwerfe den Gedanken also genauso schnell wieder, wie er mir in den Kopf gekommen ist. Ohnehin ist sinnlose Sachbeschädigung normalerweise nicht mein Ding. Aber von dieser Affenhitze werde ich irgendwie aggressiv.

Ich kurve noch eine Weile über den Parkplatz, bis ich schließlich eine frei werdende Parklücke entdecke, die sich ausgerechnet genau gegenüber meines ursprünglich ausgewählten Parkplatzes befindet. Als ich aussteige, klebt mein weißes Blusentop schweißnass an meinem Körper und ich fühle mich klebrig und eklig. Ich hänge mir meine Sonnenbrille in den Ausschnitt, um zumindest dort die nassen Flecken ein bisschen zu kaschieren, schnappe mir einen Einkaufswagen und gehe so schnell wie möglich in den Supermarkt.

Die klimatisierte Luft begrüßt mich gepaart mit leiser Hintergrundmusik und ich atme tief durch. Ich packe diverse Lebensmittel, die auf meinem Einkaufszettel stehen, in meinen Einkaufswagen und entscheide mich dann noch spontan für eine 2,5-l-Packung Vanilleeis. Für alle Fälle landet auch noch eine Flasche Wodka in meinem Wagen. Man kann ja nie wissen, was das Wochenende so bringt.

Ich werfe noch einen letzten prüfenden Blick auf meinen Einkaufszettel und reihe mich dann in die Schlange ein, die vor der Kasse steht.

Als ich zurück zum Parkplatz komme, lehnt der Muskelprotz lässig an seinem bekloppten Jeep und isst ein Eis am Stiel. Er trägt dreiviertellange Jeans, Flipflops und ein blaues Polohemd und sieht aus, als würde ihm die Hitze so rein gar nichts anhaben können.

Dieser Arsch ...!
Aber er sieht verdammt gut aus!
Und ich sehe völlig fertig aus.

Das Leben ist unfair, finde ich. Mir ist es rätselhaft, wie es Menschen an so heißen Tagen gelingen kann, frisch und völlig makellos zu erscheinen. Ich schaffe das selbst bei milderen Temperaturen nicht. Mein Make-up hält nie wirklich länger als drei Stunden und in den Klamotten, in denen ich mich morgens noch wohl gefühlt habe, fühle ich mich nach spätestens vier Stunden spießig und unelegant. Oder öko und unelegant oder aber einfach *nur* unelegant. Heute fühle ich mich, den Temperaturen angepasst, verschwitzt, klebrig und unelegant. Kein Wunder, dass er mir den Parkplatz bedenkenlos weggeschnappt hat, ich bin eben keine der Frauen, die man näher beachtet. Vermutlich hat er mich vorhin gar nicht bemerkt. Zumindest nicht, bevor ich ihn beschimpft habe ...!

Er hebt übertrieben freundlich grüßend die Hand, als er mich sieht. Nur mühsam unterdrücke ich das Bedürfnis ihm meinen Mittelfinger zu zeigen, finde es dann aber doch damenhafter und eleganter, ihn einfach zu ignorieren. Das gelingt mir aber nur solange, bis ich alle meine Einkäufe bis auf die Kiste Wasser aus meinem Einkaufswagen in meinem Kofferraum verstaut habe. Als ich mich gerade danach bücken will, steht er plötzlich hinter mir. Ich spüre erst seine Nähe, dann kann ich ihn riechen. Er riecht nach teurem Aftershave, nach Schokoladeneis und nach erhitztem Mann. Mir wird gleich noch ein kleines bisschen heißer.

Stillschweigend nimmt er die Kiste Wasser aus dem Korb und stellt sie in den Kofferraum meines Wagens. Ich bin so erstaunt über diese hilfsbereite Geste eines vermeintlichen Arschlochs, dass ich nur in der Lage bin, ein leises „Dankeschön!“ zu murmeln. Er hebt lässig die Hand, eine Geste, die zur Hälfte „gern geschehen“ und zur Hälfte „nichts zu danken“ zu sagen scheint. Dann dreht er sich weg, um in seinen Wagen zu steigen und vom Parkplatz zu fahren.

+++

Matthew grinst breit, als er vom Parkplatz fährt.

Zugegeben, ihr den Parkplatz wegzunehmen war nicht unbedingt sehr nett. Aber als er sie bemerkt hat, stand er schon halb in der Parklücke und hatte auch keine Lust mehr, wieder herauszufahren.

Sie hat aber auch so ein winziges Auto, dass einem beinahe nichts anderes übrig bleibt, als es zu übersehen. Und sie selbst ist auch nicht viel größer und damit genauso leicht zu übersehen.

Es sei denn natürlich, sie beschimpft einen lautstark. Irgendwie war sie niedlich, als sie sich so aufgeregt hat. Und als sie dann so überrascht geguckt hat, als er ihr mit der schweren Wasserkiste geholfen hat, da erst recht.

Zugegeben, ein bisschen unscheinbar, aber niedlich.

Vielleicht hätte er sich ihre Nummer geben lassen sollen.

Er dreht sich noch mal um, kurz bevor er vom Parkplatz fährt und schaut sie an.

Naja, auch egal, denkt er sich dann, zuckt die Schultern und fährt weiter. Er mag seine Frauen sowieso lieber ein bisschen sanftmütiger.

+++

Kapitel 2

Ich habe meine Einkäufe kaum zu Hause verstaut, als ich schon unter der Dusche stehe und mir den Schweiß abwasche. Auch wenn ich weiß, dass man hinterher noch schlimmer schwitzt als vorher, kann ich der Erfrischung eines Gusses mit kaltem Wasser trotzdem nicht widerstehen.

Mit frischen Sachen auf der Haut fühle ich mich anschließend schon viel besser und meine Gesichtsfarbe hat auch wieder eine für mich normale Tönung angenommen; blass mit ein paar Sommersprossen, was deutlich besser ist als tiefrot.

Ich fahre meinen Laptop hoch und versuche ein Weilchen zu arbeiten, aber nach einer halben Stunde, in der ich mich in erster Linie damit beschäftigt habe, sinnlos auf den Bildschirm zu stieren, beschließe ich es für heute gut sein zu lassen und Feierabend zumachen. Mir ist es heute einfach viel zu warm, selbst in meinem eigentlich angenehm kühlen Häuschen.

Gerade habe ich mich aufs Sofa gelegt und den Fernseher eingeschaltet, als das Telefon klingelt und mein Bruder mich anruft.

„Hallo Lukas!“

„Sophie, liebstes Schwesterherz …“

Ich lache. Wenn er mich so anredet, dann hat er entweder Mist gebaut oder will irgendetwas von mir.

„Soll ich dich vor wilden Tieren retten, hast du heimlich mein Bankkonto geplündert oder nur keine Milch mehr im Haus?"

Mein Bruder zögert am anderen Ende der Leitung einen langen Moment, als müsse er ernsthaft darüber nachdenken. Ich seufze in gespielter Verzweiflung und er beginnt schließlich leise zu lachen.

„Ausnahmsweise nichts von alledem. Aber ich dachte, du möchtest mich heute Abend vielleicht in diesen neuen Klub in der Innenstadt begleiten …"

Ich seufze erneut, diesmal in echter Verzweiflung.

„Lukas, du kennst mich jetzt schon dein ganzes Leben. Du solltest doch wissen, dass ich das *nie* möchte!"

Ich mache mich innerlich auf den nun folgenden Monolog meines Bruders gefasst, der mir an dieser Stelle solcher Gespräche gewöhnlich Vorträge darüber hält, dass ich noch keine dreißig Jahre alt bin und mich schon verhalte, wie eine verrunzelte, frustrierte Eremitin und dass es im Leben mehr Dinge als Arbeit und das Bedürfnis nach ausreichend Schlaf gibt. Nach einem gequälten Seufzen fügt er dann meistens noch hinzu, dass ich so niemals einen Kerl kennenlernen werde.

Ich antworte ihm an dieser Stelle dann im Normalfall, dass ich zumindest *fast* schon dreißig bin, genügend Schlaf schön hält und ich in meinem Leben genug Kerle kennengelernt habe. Dass ich auch mehr als genug bittere Erfahrungen mit selbigen gemacht habe, um meinen Glauben an die Menschheit im Allgemeinen und

Männer im Besonderen verloren zu haben, brauche ich gar nicht zu erwähnen. Mein Bruder weiß über meine traurige Vergangenheit bestens Bescheid. Leider hindert ihn dies nicht daran, es trotzdem immer wieder zu versuchen, mich davon zu überzeugen, irgendwelche Kerle kennenzulernen.

Aber heute Abend sagt er, wider meinen Erwartungen, nichts dergleichen. Ich kann hören, wie er einmal tief einatmet.

„Komm einfach mit, ich brauche ein bisschen geliebte Gesellschaft!“ Er klingt irgendwie traurig.

Das ist unfair!

Er weiß zu genau, dass sein trauriger Unterton die große Schwester in mir weckt und ich mich seiner Bitte nicht mehr widersetzten kann. Wenn er traurig ist oder auch nur traurig *klingt*, dann erwachen in mir alle Beschützerinstinkte und alle Selbsterhaltungstriebe schalten sich automatisch auf Stand-by.

Unser Vater hat unsere Mutter kurz nach Lukas Geburt für eine Neunzehnjährige sitzen gelassen. Unsere Mutter hat sich nie wirklich davon erholt. Sie war krank, solange ich zurückdenken kann. Sie hatte immer Depressionen und hat während unserer Kindheit die meiste Zeit weinend in ihrem Bett verbracht.Vor drei Jahren starb sie dann an Krebs. Ich glaube aber manchmal, dass Trauer und Enttäuschung sie genauso von innen zerfressen haben, wie der Tumor, der sie schließlich umgebracht hat. Unser Vater hat zwar für unseren Unterhalt gezahlt und uns zum Geburtstag eine Karte geschickt, aber wirklich für uns interessiert hat er sich nie.

Während unserer Kindheit habe immer ich die Rolle der Mutter für Lukas übernommen, da unsere eigene Mutter ja nie wirklich verfügbar gewesen ist. Wir waren füreinander irgendwie immer alles an Familie, was wir hatten. Ich habe so viele Nächte vor seinem Bett geschlafen, weil er vor lauter Albträumen nicht schlafen konnte, dass ich irgendwann aufgehört habe, sie zu zählen. Und wenn er mich in diesem ganz bestimmten Tonfall um etwas bittet, dann weiß er ganz genau, dass ich immer noch nicht ‚nein' sagen kann.

„Lukas …", ich betrachte die Fingernägel meiner rechten Hand, die eine Maniküre fast noch nötiger hätten, als die meiner linken. Dann atme ich einmal tief ein und wieder aus. „Kommst du mich abholen, oder treffen wir uns dort?"

„Hah!" In seiner Stimme schwingt Triumph mit. „Na bitte, so schwer ist das doch gar nicht! Ich hole dich in zwei Stunden ab. Und zieh dir was Hübsches an! Ich will mich schließlich nicht mit dir schämen müssen."

„Blödmann!", sage ich, aber ich muss dabei lachen. „Bis später!" Ich lege auf und beginne umgehend damit, mich halbwegs ausgehtauglich zu machen. Wer will schließlich schon, dass sich sein kleiner Bruder seinetwegen schämt?

Zwei Stunden und zwanzig Minuten später ist es 19:30 Uhr und ich sitze seit einer halben Stunde, perfekt gestylt und mit frisch lackierten Nägeln, in meinem Wohnzimmer und beschäftige mich mit Warten. Natürlich ist es absolut nichts Neues, dass sich Lukas ständig verspätet. Wenn er sich denn dann überhaupt dazu hinreißen lässt, zu einem vereinbarten Termin zu erscheinen. Trotzdem ärgert es mich immer wieder. Ich selbst bin chronisch pünktlich. Ich hasse es, unpünktlich zu sein. Aber im Gegensatz zu mir nimmt mein Bruder das Leben nicht so ernst. Und das schließt - zu meinem großen Ärger - auch die Einhaltung von Terminen mit ein.

Irgendwann fange ich an nervös auf und abzugehen, als mein Handy mir signalisiert, dass eine SMS eingegangen ist.

Sorry, aber mir ist was
Wichtiges dazwischen
gekommen.
Weiß noch nicht, ob
ich es heute noch schaffe.
Nicht böse sein.
Lukas

Ich bin nicht böse, ich bin stinksauer; ich muss es ehrlich zugeben. Und ich möchte mal wetten, dass nicht *ihm* etwas dazwischen gekommen ist, sondern dass *er* es ist, der gerade irgendwo *dazwischen* ist und *kommt*, und zwar höchstwahrscheinlich zwischen einem Paar allzu williger

Frauenschenkel. Und ich dämliche Kuh sitze - perfekt gestylt - allein zu Hause. Ich kann mir kaum etwas vorstellen, das mich heute noch mehr frustrieren könnte.

Kapitel 3

Da man die Hoffnung ja bekanntlich nie aufgeben soll, behalte ich mein grasgrünes Neckholderkleid, das das Grün meiner Augen betont und meine hochhackigen Pantoletten noch an, als ich in meine Küche stöckele und deprimiert den Gefrierschrank öffne. Vielleicht *kommt* mein Bruder ja schnell und lässt sich anschließend doch noch hier blicken.

Ich beschließe, dass das Einzige das den heutigen Abend noch retten kann, eine große Portion Alkohol ist. Und zwar eingebettet in irgendetwas, das den Geschmack des Alkohols überdeckt und am besten auch noch eiskalt ist.

Ich öffne den Gefrierschrank und nehme das Vanilleeis heraus, dann den Wodka und anschließend suche ich nach Orangensaft in meinem Kühlschrank. Nachdem ich fündig geworden bin, öffne ich meinen Mixer und fülle ihn zur Hälfte mit Vanilleeis. Dann kippe ich kurz entschlossen eine halbe Flasche Wodka dazu und fülle alles mit Orangensaft auf. Das laute Summen des Mixers erfüllt meine Küche und mir fällt ein, dass ich keine Eiswürfel mehr habe.

Ein Blick auf die Uhr sagt mir, dass es erst 20:00 Uhr ist und der Abend somit noch nicht zu weit fortgeschritten ist, um meine Nachbarn deswegen zu belästigen. Also schnappe ich mir meinen Haustürschlüssel und klappere mit meinen hohen Hacken über das

Pflaster des Gehweges, um bei Tante Betty zu klingeln, die im Haus nebenan lebt. Betty ist nicht unsere richtige Tante, aber sie war eine Art Freundin unserer Mutter. Betty hat lange in den USA gelebt, bevor sie zurück nach Deutschland gekommen ist, was ihr und meiner Mutter, die in den USA geboren und aufgewachsen und im Herzen immer Amerikanerin geblieben ist, eine gemeinsame Basis gegeben hat. Für meinen Bruder und mich ist Betty eine Art Großmutterersatz gewesen. Als Kinder haben wir eine Menge Zeit bei ihr verbracht. Sie hat für uns Kekse gebacken, mit uns Hausaufgaben gemacht und stillschweigend einen Teil der Aufgaben übernommen, die eigentlich unsere Mutter hätte erledigen sollen.

Ich erreiche ihr Haus nach nur wenigen Schritten und drücke auf die Klingel. Nach einem kurzen Augenblick höre ich Schritte hinter der Tür, die mich in der Art ihres Klanges irgendwie irritieren und als Sekunden später die Tür aufgeht, schaue ich völlig verwundert auf einen Berg von Muskeln unter einem dunkelblauen Polohemd, statt in Bettys langsam runzelig werdendes Gesicht.

Ich brauche einen Moment, um zu begreifen, dass der Typ der dort lässig in den Türrahmen gelehnt steht, ein Riese zu sein scheint und ich meinen Kopf ein Stück in den Nacken legen muss, um ihm ins Gesicht schauen zu können. Tatsächlich reiche ich ihm kaum bis zur Schulter.

Einen weiteren Moment benötige ich, um zu begreifen, woher ich den Typen kenne.

Das ist der unverschämte Parkplatzdieb!

Ich bin jetzt vollends verwirrt, stehe nur da und glotze ihn weiterhin schweigend an.

In seinen Augen zeigt sich jetzt ein amüsiertes Funkeln und sie scheinen so blau, wie der Himmel an einem klaren Wintertag. Ich kann kein Zeichen eines Wiedererkennens seinerseits darin finden und bin auch nicht wirklich böse darüber, dass er sich anscheinend nicht daran erinnern kann, dass ich ihn heute Nachmittag wüst beschimpft habe.

„Kann ich dir irgendwie helfen?“ Seine Stimme ist tief und die Art und Weise, auf die er die Wörter betont, erinnert mich an das Deutsch meiner Mutter.

Ich muss mich zweimal räuspern, bevor ich ihm antworten kann.

„Ich wollte zu Betty!“ Meine Stimme klingt zwischen empört und anklagend.

„Sie ist im Moment nicht da. Was wolltest du denn von ihr?“ Er ist - im Gegensatz zu mir - völlig gelassen.

„Eiswürfel!“ Es klingt wie ein Befehl und mir fällt selbst auf, dass ich gerade nicht unbedingt höflich bin.

Der Parkplatzdieb zeigt sich davon unbeeindruckt. Er steht immer noch lässig in der Tür und verschränkt die Arme vor seiner breiten Brust, während sein Blick von meinem Gesicht über meinen Körper wandert und neugierig an meinem knielangen Kleid und meinen High Heels hängen bleibt.

„Machst du dich immer so schick, wenn du meine Oma besuchst?“

„Schick? Ich sehe immer so aus, selbst bei der Gartenarbeit!“, antworte ich ihm ziemlich patzig. Ich habe nur wenig Lust, ihm zu erklären, dass ich ausgehen wollte und versetzt worden bin.

Das Grinsen in seinem Gesicht wird noch breiter und ich bin mir sicher, dass er mir nicht ein Wort glaubt.

„Ich schaue, ob ich Eiswürfel für dich finde!“, sagt er schließlich und wendet sich ab, um in die Küche zu gehen, ohne mich hereinzubitten. Ich höre, wie er die Tür des Gefrierschranks öffnet und dann erklingt das Knirschen einer Schublade, die über Eiskristalle kratzt. Eine halbe Minute später kommt er mit zwei Lagen Eis in diesen Einmal-Eiswürfeltüten wieder, die ich sonst auch immer verwende.

„Bitteschön!“, er hält mir die beiden Beutel hin und ich reiße sie ihm fast aus der Hand, weil ich es so eilig habe, wieder von ihm wegzukommen.

„Danke!“, bringe ich gerade noch heraus, während ich mich schon umdrehe, um wegzugehen. Auf dem kurzen Weg zurück zu meinem Häuschen kann ich seinen Blick in meinem Rücken spüren, solange bis ich die Tür hinter mir geschlossen habe.

+++

Als sie plötzlich in der Tür stand, hat er einen Moment gebraucht, um zu registrieren, woher er sie kennt.

Bis er die Frau vor der Tür mit der Frau vom Parkplatz heute Nachmittag überein gebracht hat, dauert es einige Augenblicke.

Sie sieht immer noch niedlich aus, beinahe winzig klein und zierlich, ohne dabei mager zu sein. Ihr Gesicht ist zart, grüne Augen, rötliche Haare, ein paar Sommersprossen. Sie ist keine Modelschönheit, aber er würde sie trotzdem durchaus als attraktiv bezeichnen.

Das Kleid, das sie trägt, bringt ihre Haare und ihre Augen zum Leuchten. Offenkundig hat sie sich schick gemacht und wollte ausgehen. Kein Mensch trägt solche Klamotten, nur um zu Hause zu bleiben. Sein Blick fällt auf ihre Schuhe. Sie trägt Absätze, die mit Sicherheit 10cm hoch sind, wenn nicht höher. Trotzdem ist sie über einen Kopf kleiner als er.

Das muss Sophie sein!

Seine Großmutter hat so viel über sie geredet, dass er langsam das Gefühl hat, sie schon Jahre zu kennen.

Sie riecht gut, nach Orangenschalen und Gewürzen, süß, weiblich und üppig, ohne dass es aufdringlich wirkt. Heute Nachmittag auf dem Parkplatz, da roch sie noch ganz anders. Zitronig und nach Seife und darunter ein bisschen nach frisch verschwitzter Frau.

Bei dem Gedanken an ihren Geruch von heute Nachmittag fragt sich Matt unwillkürlich, wie sie wohl beim Sex riechen würde.

Nichts was sich nicht herausfinden lassen würde!

Er schaut ihr noch einen Augenblick lang nach. Dann geht er - aus einer plötzlichen Eingebung heraus - zurück ins Haus. Er nimmt eine schnelle Dusche und zieht sich etwas Frisches an, um schließlich zum Nachbarhaus zu gehen und zu klingeln.

+++

Kapitel 4

Nachdem ich zurück bin und meine Haustür hinter mir zufällt, fühle ich mich, als müsste ich ganz laut schreien.

Was für ein beschissener Tag!

Die Hitze, die Aktion mit dem Parkplatz, mein bescheuerter Bruder, der mich zum x-ten Mal versetzt hat und jetzt auch noch der bekloppte Jeep-Typ, der ganz offensichtlich Bettys Enkel zu sein scheint.

Ich mache mich schnurstracks auf den Weg in meine Küche, nehme das größte Glas, das ich finden kann, befülle es mit ein paar Eiswürfeln und gieße es dann bis zum Rand mit der Vanilleeis-Orangensaft-Wodkamischung voll.

Tief seufzend suche ich mir einen rot-weiß-gestreiften Strohhalm aus dem Schrank, lehne mich an die Arbeitsplatte und nehme den ersten tiefen Schluck.

Ich komme noch zu einem zweiten und einem dritten Schluck, bis es an der Tür klingelt. Meine Gefühle schwanken zwischen Verärgerung darüber, dass Lukas sich so verspätet und Freude darüber, dass er mich doch noch abholen kommt.

Wollen wir mal hoffen, dass sich sein aktuelles Mäuschen nicht über ihn beschwert hat, weil er so schnell fertig war!

Während ich mit meinem noch fast vollen Glas in der Hand aus der Küche in den Flur gehe, werde ich dadurch alarmiert, dass der Flur viel zu dunkel ist. Derjenige, der vor der Tür steht, muss deutlich größer und breiter sein als Lukas. Und ich habe eine düstere Ahnung, wer es sein könnte, denn ich kenne nur *einen* Menschen, der so viel Licht von dem Milchglaseinsatz meiner Tür abschirmen könnte, dass mein Flur derart verdunkelt wird, wie jetzt gerade.

Der Parkplatzdieb!

Er steht mit verschränkten Armen in der Tür und ich komme mir vor, als würde ich einem riesigen Wikinger gegenüberstehen, nur dass sein Haar hellbraun ist und nicht blond.

Er hat sich umgezogen. Das Polohemd ist einem weißen Herrenhemd gewichen, dessen Ärmel er bis über die Ellenbogen aufgekrempelt hat und das so seine muskulösen Unterarme zur Schau stellt. Der untere Saum seines Hemdes hängt lässig über dem Bund seiner Jeans, die jetzt lang ist, anstatt der Shorts-Variante von vorhin. Und seine Füße stecken nicht mehr in Flipflops, sondern in teuer wirkenden, schwarzen Lederschuhen, die man auch zum Anzug tragen könnte. Seine strahlend blauen Augen funkeln ein wenig mutwillig, als er mich ansieht.

„Das ist nicht dein normales Outfit. Zum Einkaufen warst du heute viel legerer angezogen. Du wolltest ausgehen und bist versetzt worden!“ Sein Deutsch ist fließend, aber die Art und Weise, wie er die Vokale lang zieht und die Wörter betont, lässt mich sicher sein, dass er Amerikaner ist.

Ich mustere ihn noch einmal kurz und zucke dann mit den Schultern.

„Erwischt!“, sage ich und bemühe mich, dabei möglichst gleichgültig zu klingen. „Und du bist wohl auch versetzt worden und kommst mich besuchen, weil du hoffst, wir könnten nun gegenseitig unsere Wunden lecken?“ Ich ziehe provozierend eine Augenbraue hoch und deute auf seine Klamotten, die, ebenso wie meine, eindeutig nicht aussehen, als hätte sie sich jemand ausgesucht, um dann einen bequemen Abend auf dem Sofa zu verbringen.

Sein Grinsen wird anzüglich, als er sagt: „Wenn ich etwas an dir lecken möchte, dann bestimmt nicht deine Wunden.“

Ich verschlucke mich an meiner Wodkamischung, von der ich gerade einen weiteren Schluck trinken wollte und fange heftig an zu husten.

Er betrachtet mich jetzt deutlich amüsiert.

„Eigentlich wollte ich dich ja fragen, ob du mit mir weggehst und dich auf einen Drink einladen lässt, als Entschädigung dafür, dass ich dir heute den Parkplatz weggeschnappt habe. Aber anscheinend bist du ja bereits gut versorgt.“ Er zeigt auf das noch halb volle Longdrinkglas in meiner Hand. „Aber vielleicht möchtest *du* mich ja auf einen Drink einladen, als Entschuldigung dafür, dass du mich Arschloch genannt hast?" Er legt den Kopf ein bisschen schief und ich mache einen Schritt zur Seite, um ihn hereinzulassen.

Als er - durch den engen Hausflur gezwungenermaßen - nah an mir vorbei geht, kann ich seinen Geruch wahrnehmen. Er riecht nach frisch gewaschener Männerhaut und nach einem Hauch von Aftershave und ich ertappe mich dabei, dass ich für einen kurzen Moment die Augen schließe, um seinen Geruch besser aufnehmen zu können.

Er drängt sich selbstsicher an mir vorüber und steuert zielgerichtet auf die offene Küchentür zu. Ein bisschen unsicher gehe ich hinter ihm her. In der Küche angekommen hole ich ihm ein Glas aus dem Schrank und befülle auch seins mit Eiswürfeln und Wodkagemisch, bevor ich es ihm reiche.

Während er das Glas in die Hand nimmt und kurz in meine Richtung prostet, betrachte ich ihn genauer.

Er ist wirklich ein ziemlich gut aussehender Mann, seine Augen sind von einem erstaunlichen himmelblau, sein Gesicht ist kantig und männlich. Vom rechten Mundwinkel aus verläuft, fast parallel zu seiner Unterlippe, eine kleine Narbe bis circa zur Mitte seines schön geschwungenen Mundes. Für einen Mann sind seine Lippen fast ein bisschen zu voll, aber sein Mund hat einen so energischen Zug, dass es mir trotzdem gefällt. Seine Haare sind ein bisschen zu lang, er sieht aus, als ob er mal wieder zum Friseur müsste, aber was bei anderen Männern schnell ungepflegt aussieht, wirkt bei ihm irgendwie verwegen. Sie scheinen nach der Dusche noch nicht ganz getrocknet und ich würde gerne mal mit den Fingern durchfahren, um zu testen, wie sich sein Haar wohl anfühlen mag.

Während ich ihn einer eingehenden Inspektion unterziehe, nimmt er den ersten Schluck aus seinem Glas und reißt dann erstaunt die Augen auf.

„Verdammt! Hast Du ein Alkoholproblem, oder was ist mit diesem …“, er macht eine Kopfbewegung, die auf das Glas in seiner Hand deutet, das er ein wenig fassungslos anschaut und holt dann tief Luft, bevor er fortfährt: „… mit diesem seltsamen Gesöff los?“

Innerlich muss ich lachen, denn ich muss zugeben, dass es mir wirklich nicht sehr gut gelungen ist, ein Getränk herzustellen, in dem man den Alkohol *nicht* schmecken kann. Die halbe Flasche Wodka war vielleicht doch ein klein wenig übertrieben.

Ich bleibe nach außen hin betont cool und schenke ihm ein strahlendes Lächeln.

„Zu stark für dich?“ Ich nehme selbst noch einen tiefen Schluck, nur um ihm zu beweisen, dass mir der Alkohol rein gar nichts ausmacht. Was natürlich nicht stimmt, denn ich merke schon, wie er mir langsam zu Kopf steigt, aber das muss er ja nicht wissen.

Er sucht etwas in seiner Hosentasche und kramt schließlich sein Handy hervor und ich höre ihm zu, während er ein Taxi ruft.

Dann schaut er mir tief in die Augen und stürzt anschließend den Rest des Glases mit einem Zug herunter. Danach nimmt er mir mein Glas, das immer noch fast halb voll ist, aus der Hand und stellt es auf den Küchentisch. Dabei streifen seine Finger meine einen kurzen Augenblick und ein warmes Prickeln macht sich dort breit, wo unsere Hände sich berührt haben. Ich ziehe meine Hand schnell zurück und in mir läuten alle Alarmglocken auf.

Wenn ich in meinem Leben etwas rein gar nicht gebrauchen kann, dann ist das diese Art von Gefühlen für einen Mann. Ich habe den Männern abgeschworen, seit ich zwanzig bin und seitdem nur noch sehr oberflächliche Affären gehabt. Und selbst da ist die letzte schon so lange her, dass ich mich kaum noch daran erinnern kann.

Man braucht nicht sehr viel Menschenkenntnis, um zu erkennen, dass er ein Weiberheld und ein Schürzenjäger ist. Alles an ihm, von seinem verwegenen Haarschopf, über sein charmantes Lächeln, seinen flachen, muskulösen Bauch und seinen schicken Schuhen scheint wie dafür gemacht, eine Frau im Handumdrehen in ein sabberndes Häufchen Hormone zu verwandeln. Und auch bei mir verfehlt das alles seine Wirkung nicht. Ich merke, wie mir unter seinem Blick die Röte in die Wangen steigt und wie mein verräterischer Körper eine ganz bestimmte Stelle unterhalb meiner Gürtellinie mit deutlich mehr Blut versorgt, als dort normalerweise benötigt wird. Das verräterische Prickeln breitet sich von meinen Händen über meinen gesamten Körper aus, als er mich am Handgelenk fasst und in Richtung Tür zieht. Und all das, obwohl ich mir ziemlich sicher bin, ihn gar nicht leiden zu können.

„Würdest du mir bitte mal verraten, was du eigentlich vorhast?“ Ich bin froh, dass man meiner Stimme meinen Zustand nicht anhört.

„Dich zum Essen ausführen und danach irgendwo mit dir hingehen, wo man etwas *Vernünftiges* zu trinken bekommt und nicht so ein unerträgliches Zeug, wie du es da zu dir nimmst!“ Er macht eine vage Bewegung Richtung Küchentisch, auf dem unsere beiden Gläser stehen und zieht mich dann weiter Richtung Haustür. „Außerdem wäre es doch schade, wenn du dich ganz umsonst so herausgeputzt hättest. Und ich habe extra meine guten Schuhe für dich angezogen.“ Grinsend zeigt er auf seine Füße. „Du *musst* also quasi mit mir ausgehen, die trage ich nämlich nur zu besonderen Anlässen! Also enttäusch mich bitte nicht.“

„Und wie bitte kommst du darauf, dass ich überhaupt mit jemandem ausgehen möchte, dessen Namen ich nicht mal kenne? Und außerdem habe ich ja vielleicht deutlich Besseres zu tun, als mit einem Parkplatzdieb meine Zeit zu verschwenden!“ Ich befreie entschlossen mein Handgelenk und mache zwei Schritte nach hinten, um etwas mehr Raum zwischen uns zu bringen.

Er lächelt amüsiert und selbstsicher und verbeugt sich dann gespielt galant.

„Mylady, wenn ich mich vorstellen dürfte: Mein Name ist Matthew. Matthew Johnson. Aber Ihr dürft Matt zu mir sagen, holde Lady Sophie.“ Er richtet sich wieder auf und schenkt mir ein extrabreites Zahnpastalächeln. „Und übrigens kann es gar nicht sein, dass du etwas Besseres zu tun hast, als den Abend mit mir zu verbringen!“ Er verschränkt die Arme und zwinkert mir zu.

Ich muss mir ein Lachen mühsam verkneifen und gebe ein Geräusch von mir, das an ein Schnauben erinnert.

„Meinst du denn, wir finden irgendwo ein Lokal, das groß genug für dich, mich *und* dein riesiges Ego ist? Und woher weißt du eigentlich, wie ich heiße?“

Er lächelt noch immer, strahlend und unwiderstehlich.

„Ich bin davon überzeugt, dass wir etwas Passendes finden werden. Und meine Granny redet seit meiner Ankunft hier ständig von dir, ich glaube, sie würde mich gerne mit dir verkuppeln. Ich habe zwischendrin befürchtet, schreiend weglaufen zu müssen, wenn ich deinen Namen noch ein weiteres Mal aus ihrem Mund ertragen muss.“

Da ich nun nicht mehr weiß, was ich noch dagegen sagen soll, folge ich ihm brav zu Tür, schnappe mir im Rausgehen meine Handtasche und meinen Schlüssel und schließe hinter uns ab.

Zehn Minuten später sitzen wir zusammen im Taxi und während er sich ganz lässig zurücklehnt und immer noch ein breites Lächeln aufgesetzt hat, weiß ich nicht so richtig, was ich von der ganzen Situation halten soll.

Ich betrachte sein markantes Profil und seinen muskulösen Körper, der von Jeans und Hemd eher betont als verhüllt wird. Eigentlich ist er fast zu schön, um wahr zu sein. Männern wie ihm begegnet man normalerweise nicht im wirklichen Leben. Es gibt sie in Hollywoodfilmen und in Werbeanzeigen. Aber es gab sie noch nie hier, neben mir im Taxi. Mir kommt die ganze Situation seltsam unwirklich vor. Ich frage mich, was er eigentlich von mir will? Ich bin mir ziemlich sicher, dass es ihm an weiblicher Gesellschaft wohl kaum mangeln dürfte und er die Aufmerksamkeit aller Frauen auf sich zieht, wenn er ein Restaurant oder eine Bar betritt. Da sollte sich leicht eine finden lassen, die eher in seiner Liga spielt, als ich es tue. Und ich frage mich, warum ich mich habe überreden lassen, mit ihm wegzugehen, in mir macht sich Misstrauen breit. Wenn ich nicht wüsste, dass Matt Bettys Enkel wäre, würde ich den Taxifahrer vermutlich umgehend darum bitten, rechts ranzufahren, damit ich aussteigen kann. Wenn ich überhaupt mit ihm mitgefahren wäre.

Als Matt bemerkt, dass ich ihn beobachte, dreht er sich zu mir, sein Lächeln ist wie immer breit und selbstsicher.

„Wohin zuerst? Restaurant oder Hotelzimmer?“ Er sieht mich fragend an.

„Wie bitte?“ Es mag an der Hitze liegen, aber ich kann seine Frage nicht richtig zuordnen.

Matt zieht provokant eine Augenbraue in die Höhe und beugt sich ein Stück zu mir.

„Da du dabei warst, mich mit deinen Blicken zu verschlingen, dachte ich mir, du möchtest vielleicht vor dem Essen noch ein paar andere Bedürfnisse mit mir befriedigen. Und dafür wäre ein Hotelzimmer ein angemessenerer Ort, als ein Restaurant. Wenn Du natürlich eine schnelle Nummer auf der Toilette vorziehst …“ Er zuckt mit den Schultern. „Ich halte es da ganz nach dem alten Pfadfindermotto: allzeit bereit!“ Völlig cool und anscheinend sehr von sich überzeugt, schiebt er sich eine Haarsträhne aus der Stirn und lehnt sich wieder in den Sitz.

Für einen Moment verschlägt es mir die Sprache, was mir wirklich eher selten passiert.

Der Typ ist doch ein totaler Vollidiot! Ein eingebildeter noch dazu!

Ich klimpere demonstrativ ein paar Mal mit den Wimpern, bevor ich ihm in einem Ton, der an klebrige Himbeerbonbons erinnert, antworte:

„Ach, weißt du … Die Hotels hier haben keine Spiegel über dem Bett. Und da - nach meiner Erfahrung - so selbstverliebte Typen wie du nur dann einen hochbekommen, wenn sie dabei ihren eigenen Anblick bewundern können, sollten wir vielleicht einfach nur etwas essen gehen. Ich möchte dir diese Blamage doch gerne ersparen!“ Das Lächeln, das ich hinterher schiebe, ist so süßlich, dass man davon Zahnschmerzen bekommen könnte.

Matt sieht mich eine Sekunde lang entgeistert an.

„Du bist also der Meinung, ich hätte so etwas wie … eine erektile Dysfunktion?“ Er klingt fassungslos.

„Das und ein Egoproblem. Vielleicht bist du aber auch tatsächlich einfach *nur* ein Arschloch, der erste Eindruck, den man von einem Menschen hat, ist ja meist der richtige …“

Matthew sieht mich weiterhin an, in etwa so, als könne er in meinem Gesicht die Antwort auf eine unausgesprochene Frage lesen.

Dann legt er den Kopf in den Nacken und lacht. Sein Lachen ist tief und melodisch und scheint aus tiefster Seele zu kommen.

Ich sitze neben ihm, mit verschränkten Armen, und warte darauf, dass er sich wieder beruhigt.

„Ich mag dich Honey …“, sagt er irgendwann, „ … und ich schaffe es schon noch, dich davon zu überzeugen, dass ich durchaus einen hochbekomme. Und glaube mir, du wirst dich noch sehr darüber freuen.“

„Oh, ganz bestimmt. Genauso sehr wie ich mich über Bauchschmerzen freue!“ Ich puste mir genervt eine Haarsträhne aus dem Gesicht..

„Wart’s nur ab Honey“, sagt er mit einem siegessicheren Lächeln. „Wart’s nur ab!“

Honey! Was bin ich denn? Eine dicke Honigbiene?

Ich komme mir vor, wie in einem sauschlechten Gangsterfilm.

+++

Er braucht nicht lange, um festzustellen, dass sie ihn für einen eingebildeten Primitivling hält, sie macht diesbezüglich aus ihrem Herzen wahrlich keine Mördergrube.

Tatsächlich ist er es nicht gewohnt, dass sich Frauen ihm gegenüber so ablehnend verhalten, er mag Frauen und die meisten Frauen mögen ihn.

Bis heute Abend wäre er fast soweit gegangen, zu behaupten, dass ihn *alle* Frauen mögen, aber Sophie belehrt ihn eines Besseren.

Das kann ja noch spannend werden!

So ganz sicher ist er sich allerdings noch nicht, ob er sie interessant oder einfach nur nervig finden soll. Sie ist besserwisserisch, stur, mies gelaunt und reichlich anstrengend.

Aber, das muss er sich selbst eingestehen, es hat etwas, dass sie sich ihm nicht an den Hals wirft, so wie die Frauen, die er sonst gewohnt ist. Sie hat ihren eigenen Kopf und ihre eigene Meinung, beides sind Dinge, die er an anderen Menschen durchaus zu schätzen weiß. Und sie sieht absolut entzückend aus, wenn ihre Augen wütend zu funkeln beginnen.

Sie zu ärgern beginnt ihm zunehmend Freude zu machen. Genau, wie der ganze Abend ihm zunehmend beginnt Freude zu machen.

Einen selbstverliebten Primitivling zu spielen, fällt ihm nicht wirklich schwer. Und wenn sie ihn unbedingt so sehen will, kann sie das gerne bekommen.

+++

Kapitel 5

Er führt mich in ein mexikanisches Restaurant, hält mir die Tür auf, rückt mir den Stuhl zurecht und ist, alles in allem, für ein selbstverliebtes Arschloch erstaunlich zuvorkommend und höflich.

Natürlich glotzen ihn alle anwesenden Frauen, und einige der anwesenden Männer, interessiert an. Wobei *interessiert* die Art der Blicke nicht ganz trifft, *geifernd, sabbernd* oder *notgeil* wären vermutlich die besseren Worte, um die Art und Weise ihrer Blicke zu beschreiben. Matt scheint das alles nicht zu bemerken.

Ich habe trotz der Hitze mittlerweile Hunger bekommen und bestelle mir Fajitas, bei denen man sich die Zutaten selbst in die Tortillas wickeln muss.

Matt bestellt die halbe Speisekarte rauf und runter und für uns beide, ohne mich zu fragen, Daiquiris und dazu Mineralwasser. Da ich Daiquiri aber gerne trinke, beschwere ich mich dieses Mal nicht über ihn, auch wenn mir schon aus Prinzip danach wäre.

Ich schaue ihm fasziniert dabei zu, wie er die riesigen Portionen seines Essens verschlingt und anschließend noch die Reste von meinem aufisst. Ich durchforste verzweifelt mein Gedächtnis nach Informationen über ihn, die Betty mir bestimmt mal irgendwann gegeben hat.

„Du machst irgendwas mit Sport, oder?“ Ich erinnere mich dunkel an ein Foto von irgendeinem Turnier oder so etwas in der Art, das Betty mir mal von ihm gezeigt hat. Mein Gedächtnis ist bezüglich der Speicherung von Informationen über Personen die ich persönlich nicht kenne, ohnehin schon nicht das beste. Und Betty hat obendrein erstaunlich viele Enkelkinder.

Er sieht ein wenig irritiert von den Resten meines Essens hoch, denen er sich gerade widmet und nickt, bevor er zu Ende kaut.

„Ich spiele Football.“ Er sagt das irgendwie empört, als hätte ich etwas völlig Offensichtliches gefragt. Ich stelle mir vor, wie Matt mit derselben Entrüstung zu mir sagt: *„Ich bin Papst!“*, und verkneife mir das Lachen darüber. Er soll nur nicht denken, ich würde mich mit ihm amüsieren.

„Spielst du nur als Hobby, oder lebst du davon?“ Ich habe von Football überhaupt keine Ahnung. Ich weiß natürlich, dass Football in den USA ungefähr genauso beliebt ist, wie bei uns ganz normaler Fußball und ich weiß, dass es dabei hart hergeht, aber das war es dann auch schon so ziemlich.

Matt scheint über meine Frage so erstaunt, dass er mit Essen innehält.

„Ich lebe davon.“ Er klingt, als wäre ich ein bisschen geistesgestört.

„Aha“, sage ich nur kurz. „Und bist du gut?“

„Denke schon!“ Er fängt jetzt wieder an zu essen.

Natürlich denkt er das, es gibt bestimmt nichts, von dem er denkt, dass er es nicht kann!

Ich lehne mich zurück und nippe an meinem Daiquiri.

„Was machst du denn beruflich?“ Er fragt, ohne seinen Blick von seinem Teller zu nehmen.

„Ich bin literarische Übersetzerin.“ Ich habe Literatur und Anglistik studiert und dann noch ein paar Semester Amerikanistik angehängt. Und ich bin zweisprachig aufgewachsen, sodass mir die Sprache ohnehin nicht sonderlich schwer gefallen ist. Literarische Übersetzungen sind aber trotzdem eine Kunst für sich, da sich manche Wörter nicht einfach eins zu eins in eine andere Sprache übertragen lassen. Man braucht Fingerspitzengefühl, um es zu schaffen, dass sowohl der Sinn als auch die Ästhetik eines Textes dennoch erhalten bleiben.

Aber ich bin mir sicher, dass Matthew diese Feinheiten nicht sonderlich interessieren würden, deshalb spare ich mir die Erklärungen.

„Aha“, sagt er in diesem Moment dann auch tatsächlich deutlich uninteressiert und stopft sich weiter Essen in den Mund.

Wusste ich es doch! Der Kerl ist nicht mehr, als ein Neandertaler. Er sieht nur besser aus.

„Literatur weißt du, das ist so Zeug, das man lesen kann. Fast so wie einen Comic, nur ohne Bilder und für Erwachsene!“ Ich kann die Verachtung aus meiner Stimme nicht heraushalten.

„Für Erwachsene?", jetzt schaut er interessiert von seinem Teller hoch, „Du übersetzt also Pornos zum Lesen?" Nur das schelmische Funkeln in seinen Augen verrät, dass er mich auf den Arm nimmt. „Aber Pornos ohne Bilder? Davon kannst du leben? Wer zum Teufel kauft denn so was? Erinnere mich bitte daran, dass ich die Rechnung für unser Essen bezahle, ich will dich heute Abend schließlich nicht in die Armut treiben!"

Ich lächele ihn ganz entspannt an.

„Sehr großzügig von dir." Soll er doch ruhig Geld für mich ausgeben, wenn er das gerne möchte. Mir soll es recht sein. Immerhin eine kleine Entschädigung dafür, dass ich den Abend mit diesem Affen verbringen muss.

Matthew isst in aller Ruhe seinen Teller leer, bis auch das letzte Salatblatt verschwunden ist und ich schaue ihm, schweigend und mit verschränkten Armen, dabei zu.

„Wo wolltest du denn heute ursprünglich hingehen?", nachdem das Essen seine Aufmerksamkeit nicht mehr in Anspruch nimmt, kann er offenkundig auch wieder mit mir reden, sogar in ganzen Sätzen. Ich habe natürlich Verständnis dafür, dass es einen Neandertaler überfordert, beim Essen Konversation zu betreiben, aber mir war langsam tatsächlich etwas langweilig.

„In einen Klub, der neu eröffnet hat, mein Bruder wollte dort unbedingt hin."

„Dann ist dein Bruder also derjenige, der dich heute Abend versetzt hat? Kein seltsamer Liebhaber, der heute Abend noch hier auftauchen könnte?"

Seltsamer Liebhaber? Was soll das denn bitte heißen? Als ob sich normale Männer nicht für mich interessieren würden!

„Kein *seltsamer Liebhaber*, von dem du heute Abend noch Prügel befürchten musst, mach dir keine Sorgen. Du bist ganz und gar sicher bei mir, mein Junge.“ Ich tätschele ihm beruhigend den Unterarm. Als meine Hand seine nackte Haut berührt, fühle ich, wie sich seine Muskeln unter meiner Hand kurz anspannen und dann wieder entspannen. In dem Moment, in dem ich die Wärme seiner Haut an meiner Hand spüren kann, weiß ich, dass es eine dumme Idee von mir ist, ihn zu berühren.

Verdammt. Warum um alles in der Welt macht mich dieser dämliche Neandertaler nur so scharf?

Ich ziehe meine Hand schnell wieder weg. Zu schnell, panisch beinahe. Ich kann an seinem erstaunten Blick erkennen, dass es ihm nicht entgangen ist.

Kapitel 6

Der Klub ist hoffnungslos überfüllt und es ist warm, laut und stickig. Ich werde nie verstehen können, was Menschen an solchen Lokalitäten gefallen kann. Man kann sich vor lauter Lärm nicht unterhalten ohne sich anzuschreien, man schwitzt und bekommt kaum Luft. Die Getränke sind völlig überteuert und wenn es dumm läuft, dann rempelt einen jemand an und man verschüttet das ganze sauteure Zeug auch noch. Ich habe solchen Läden noch nie wirklich etwas abgewinnen können.

Matt erspäht bereits vom Eingang aus zwei freie Plätze an der Bar und schreitet souverän durch die Menschenmassen, die für ihn Platz machen, als wäre es das Selbstverständlichste auf der Welt. Ich bemühe mich, ihm hinterher zu rennen, bevor sich die Massen wieder schließen. Es fühlt sich ein bisschen so an, wie ich mir vorstelle, dass es sich anfühlen muss, hinter einem Einsatzwagen her durch einen sich teilenden Stau zu rasen. Matt und ich sind zwar nicht ganz so schnell, aber der Effekt ist annähernd derselbe.

Als er an der Bar ankommt, dreht er sich zu mir um, sein Blick wandert einmal an mir herauf und wieder herab, dann lächelt er mich strahlend an. Und mir werden die Knie weich.

Irritiert über meine Reaktion stolpere ich über meine eigenen Füße und finde mich einen Augenblick später in zwei starken Armen wieder, die mich an eine männliche Brust drücken. Ich atme seinen Geruch ganz tief ein, während er mich viel länger festhält, als es nötig gewesen wäre.

Nach einer gefühlten Ewigkeit schiebt er mich ein Stück von sich weg, gerade eben weit genug, um mir ins Gesicht schauen zu können.

Irgendwann lässt er mich schließlich ganz los und in mir kämpfen Erleichterung und Enttäuschung um die Oberhand über meine Gefühle.

„Ich scheine eine umwerfende Wirkung auf dich zu haben!“ Aufgrund der Lautstärke muss er mir so nahe kommen, dass seine Lippen beim Sprechen beinahe mein Ohr berühren und ich seinen Atem auf meinem Hals spüren kann.

Ich will irgendetwas Bissiges erwidern, aber weil ich ihm - für meinen Geschmack- dazu schon wieder viel zu nahe kommen müsste, verdrehe ich nur genervt die Augen. Matt grinst mich nur völlig ungerührt an und dreht sich dann zur Bar, um uns etwas zu trinken zu bestellen. Während ich in dem überfüllten Laden vermutlich locker eine halbe Stunde hätte warten müssen, bis sich irgendwer vom Barpersonal dazu herabgelassen hätte, meine Bestellung aufzunehmen, hat Matt die Aufmerksamkeit der zu stark geschminkten, dunkelhaarigen Schönheit hinter dem Tresen binnen Sekunden erweckt. Ich kann nicht verstehen, was die beiden reden. Aber ich sehe, wie sie schmachtend mit den Wimpern klimpert und sich so zu ihm herüber beugt, dass sie ihm tiefe Einblicke in ihr enges, schwarzes Top gewährt und dabei ständig lächelt. Als Matt irgendetwas zu ihr sagt, schaut sie ihn aus großen Augen an, wirft ihr Haar zurück und leckt sich lasziv über die Lippen. Ich sehe sein Megawatt-Lächeln erstrahlen, die Show scheint ihm zu gefallen.

Klar gefällt ihm das. Er ist ein Kerl und ein selbstverliebter noch dazu!

Zwei Minuten später halte ich erneut einen Daiquiri in den Händen, natürlich hat er mich auch dieses Mal vorher nicht gefragt, was ich trinken möchte. Aber da er bezahlt hat und ich ohne seine Hilfe hier wohl nie an einen Drink gekommen wäre, beschwere ich mich auch dieses Mal nicht darüber.

An meinem Drink nippend beobachte ich fasziniert, wie die Dichte williger Frauen um uns herum immer größer wird. Irgendwann befürchte ich, dass ich einen Schreianfall bekomme, sollte ich noch eine Frau mehr mit frisch beleckten Lippen oder schmachtendem Augenaufschlag ertragen müssen, oder aber gezwungen sein, mir Matts selbstgefälliges Lächeln noch eine Sekunde länger anzusehen. Ich wende mich ihm wieder zu.

Ich meine, nicht, dass ich seine Begleitung sonderlich genießen würde, aber so ein *bisschen* Beachtung will mein weibliches Ego dann doch von ihm haben.

Ich versuche es mit einer Parodie des Lippenleckens, Augenklimperns und Haarewerfens, bevor ich mich auf Zehenspitzen stelle und ihm mit einer Stimme, als wolle ich ihm ein unsittliches Angebot unterbreiten, in sein Ohr sage:

„Wusstest du eigentlich, dass in Deutschland die meisten Mädchen im Sommer keine Unterwäsche tragen?" Ich klimpere noch ein paar Mal übertrieben mit den Wimpern hinterher. Zugegeben, das war nicht unbedingt das Intelligenteste, das ich ihm hätte sagen können, um seine Aufmerksamkeit von den Frauen abzulenken, aber es war das erstbeste, das mir eingefallen ist.
Und es funktioniert. Er schaut mich einen Moment lang völlig perplex an, dann fängt er an zu lachen.

„Du lügst!" Er zeigt auf eine junge Frau mit einem zu kurzen Trägertop und einer Jeans, die zu tief auf den Hüften sitzt. „Die da trägt welche, sogar in Nuttenrot!"

Ich betrachte das etwas geschmacklose Outfit der Dame, auf die er gezeigt hat und als sie sich umdreht und uns ihr Hinterteil zuwendet, sehe ich tatsächlich einen feuerroten Stringtanga, der oben aus dem Bund ihrer Hose schaut.

„Und die da …", Matt deutet auf ein etwas korpulenteres Exemplar, dessen Slip ein paar Nummern zu klein zu sein scheint und der, selbst durch die Hose noch sichtbar, äußerst unvorteilhaft in das weiche Fleisch von Po und Schenkeln schneidet, „… die trägt ganz eindeutig auch welche!"

Ich muss über den Eifer, mit dem er meine Aussage zu widerlegen versucht, lachen und wir beschäftigen uns eine ganze Weile mit diesem im Prinzip wenig niveauvollen Spielchen. Wir versuchen den anderen mit unseren Neuentdeckungen von sichtbaren Wäscheteilen regelrecht zu übertrumpfen und führen bald so etwas, wie einen kleinen Wettkampf. Plötzlich ist es ganz unkompliziert, wir lachen viel, sind zwischendrin richtiggehend ausgelassen und ich vergesse fast, dass er eigentlich ein eingebildeter Neandertaler ist, den ich gar nicht leiden kann. Vielleicht würde ich auch das Kribbeln vergessen, das er bei mir auslöst, aber jedes Mal, wenn er sich zu mir beugt, um mir etwas ins Ohr zu sagen, wird es mir wieder bewusst.

Als wäre es der reine Zufall, streicht er immer wieder über meinen Handrücken, über meinen Ellenbogen, über meinen Oberarm. Er lässt es so aussehen, als würde er nur meine Aufmerksamkeit auf sich ziehen wollen und als würde ihm, bedingt durch den Lärm hier, nichts anderes als eine Berührung dafür übrig bleiben.

Irgendwann streicht er mit der Rückseite von Zeige- und Mittelfinger über meine nackte Schulter. Ganz sanft nur, aber es reicht aus, damit meine Haut schon wieder anfängt zu kribbeln und mein ganzer Körper zu summen beginnt. Ich lecke mir über die Lippen und hole tief Luft. Und als ich ihm ins Gesicht schaue, erkenne ich dort, dass es ihm kaum anders ergeht als mir.

Als wir den Klub schließlich verlassen, ist es bereits tiefe Nacht und es hat sich auf ein erträgliches Maß abgekühlt. Ich atme, die stickige Luft des Klubs hinter mir lassend, tief durch und genieße, wie sich meine Lungen mit frischer, angenehmer Luft füllen.

Matt will gerade einem vorbeifahrenden Taxi winken, aber ich schüttele mit dem Kopf und halte ihn davon ab.

„Es ist so angenehm heute Abend, lass uns zu Fuß zurückgehen!"

Er sieht mich ungläubig an.

„Das ist ein Fußweg von über einer halben Stunde, wie willst du das auf diesen Schuhen schaffen?" Er macht eine Kopfbewegung in Richtung meiner High Heels.

Ich grinse und öffne meine Handtasche und krame dann ein Paar flache Ballerinas hervor, die ich ihm unter die Nase halte.

„Auch ich bin allzeit bereit! Auch wenn ich nicht bei den Pfadfindern war …"

Ich halte mich an seiner Schulter fest, während ich auf einem Bein balanciere, um meine Schuhe zu wechseln. Das verbindet gleich zwei gewinnbringende Aspekte miteinander: Ich kann mein Gleichgewicht besser halten und ich kann gleichzeitig unauffällig seine Schultermuskulatur betasten. Ich lasse mir etwas mehr Zeit, als ich gebraucht hätte, bis ich ihn wieder loslasse.

„Im Übrigen hätte ich den Weg auch in den hochhackigen Schuhen geschafft. Alles eine Frage der Übung!"

Er zuckt mit den Schultern.

„Ich hätte dich auch tragen können, wenn du nicht mehr weiter gekonnt hättest, Honey!"

„Klar, aber ich will ja nicht, dass du hinterher noch wegen Überanstrengung schlappmachst, du machst mir doch einen eher schwächlichen Eindruck!" Ich schubse ihn an der Schulter und er macht, lachend und vermutlich nur um mir einen Gefallen zu tun, drei Schritte rückwärts.

Den Weg bis nach Hause verbringen wir redend und lachend.

Matt erzählt mir über seine Familie, darüber, dass sie zu Hause mit seiner Mutter immer Deutsch sprechen mussten und er als Kind nicht eingesehen hat, was es für ein Schatz ist, auf diese Art eine zweite Sprache fließend sprechen zu können.

Ich habe ganz andere Erfahrungen gemacht, meine Mutter hat immer Englisch mit uns gesprochen, aber ich fand das als Kind irgendwie cool. Für meinen Bruder und mich war das lange wie eine Art Geheimsprache, bis uns die anderen Kinder verstehen konnten, waren wir alle längst auf dem Gymnasium.

Die halbe Stunde Fußweg ist vergangen, bevor mir richtig bewusst geworden ist, dass wir überhaupt losgegangen sind.

Matt bringt mich bis zu meiner Haustür. Ich suche den Hausschlüssel aus meiner Handtasche und stecke ihn ins Schloss, ich bin ein bisschen beschwipst von den vielen Cocktails und brauche zwei Versuche, bis es klappt. Dann drehe ich mich zu Matt um, der bis vor einer Sekunde noch lachend von seinem ersten Urlaub in Deutschland erzählt hat. Als sich unsere Blicke treffen, wird er schlagartig ernst. Er streckt seine Hand aus, um mir eine verirrte Haarsträhne hinters Ohr zu streichen, aber er hält danach nicht inne, seine Fingerspitzen wandern weiter, leicht wie eine Feder, fahren meinen Hals herab bis zu meiner Schulter und zeichnen dann die Kontur meines Schlüsselbeins nach, bis sie am oberen Ende meines Brustbeins verharren. Trotz der Wärme dieser Sommernacht bekomme ich eine Gänsehaut.

Sein Blick bleibt an meinem Mund hängen und er beugt sich zu mir. Ich kann jetzt mein eigenes Herz schlagen hören, spüren, wie es von innen gegen meine Brust hämmert.

Er legt eine Hand an meine Taille und zieht mich ein Stückchen näher zu sich heran.

„Was ist mit dir, Sophie? Trägst du eigentlich Unterwäsche?“ Seine Stimme ist ganz rau und ich starre wie gebannt auf seine Lippen, die sich langsam den meinen nähern. Eine Welle von Adrenalin rauscht durch meinen Körper, heiß, kribbelnd und mächtig.

Kurz bevor Matt dazu kommt, mich zu küssen, geht plötzlich hinter mir im Hausflur das Licht an und mein Bruder öffnet von innen die Tür.

Kapitel 7

Matt und ich fahren auseinander, wie zwei kleine Kinder, die bei etwas Verbotenem ertappt worden sind. Ich kann spüren, dass mir umgehend die Röte in die Wangen schießt. Ich verfluche innerlich den Tag, an dem ich meinem Bruder meinen Haustürschlüssel gegeben habe.

Lukas räuspert sich demonstrativ.

„Schwesterchen“, er beugt sich zu mir und gibt mir einen Kuss auf die Wange, „Matthew“, er nickt mit dem Kopf in Matts Richtung.

Dieser streckt ihm die Hand hin. „Hallo Lukas!“ Er setzt sein Strahlelächeln auf.

„Ich hatte ja ein schlechtes Gewissen, dass ich dich versetzt habe, aber wie ich sehe, hast du ja netten Ersatz gefunden!“ Er mustert Matthew grinsend und ich würde ihm den süffisanten Ausdruck gerade gerne aus dem Gesicht schlagen.

„Ihr kennt Euch?“, frage ich überflüssigerweise, immerhin haben die Beiden sich mit Namen begrüßt.

„Ich habe vorgestern bei Betty vorbei geschaut, da haben wir uns kennengelernt.“ Lukas mustert weiterhin abwechselnd Matthew und mich und sein Lächeln wird immer breiter.

Schließlich räuspert Matt sich leicht verlegen. „Ich werde dann mal gehen, meine Großmutter wartet bestimmt schon auf mich!“

Aus dem Mund eines Kerles, der muskelbepackt und fast zwei Meter groß ist, klingen diese Worte irgendwie amüsant. Trotzdem ist die ganze Situation seit dem Auftauchen meines Bruders eher unangenehm und peinlich geworden. Ich merke, wie ich unbehaglich von einem Fuß auf den anderen trete und mit dem Armband meiner Uhr spiele.

„Dann schlaf gut, Matthew. Und grüß Betty von mir.“ Ich weiß nicht so genau, wie ich mich von ihm verabschieden soll, aber er löst die Situation elegant, in dem er mir einen zarten Kuss auf die Wange gibt.

„Nächstes Mal finde ich es heraus …“, flüstert er mir so leise zu, dass Lukas es nicht hören kann, bevor er sich ihm zuwendet und grüßend die Hand hebt, und sich dann umdreht und geht.

Lukas schließt die Tür hinter ihm und das dämliche Grinsen will einfach nicht aus seinem Gesicht weichen.

„Soso, also du und Matthew?“ Provozierend wackelt er mit den Augenbrauen.

„Zum einen heißt es ‚Matthew und du‘“, verbessere ich ihn, ganz die große Schwester, „und zum anderen gibt es da kein ‚Matthew und ich‘. Zugegeben sieht er ganz gut aus, aber er hat Manieren wie ein Neandertaler und ich kann ihn nicht leiden!“ Ich muss gestehen, dass ich mir sogar selbst nicht ganz glaube, ich antworte viel zu schnell und mit zu viel Nachdruck.

„Ist klar!“ Lukas kann heute gar nicht mehr aufhören zu grinsen.

„Ich gehe jetzt schlafen!“, sage ich sauer, weil er sich über mich lustig macht und stolziere dann die Treppe hoch.

Eine Viertelstunde später liege ich endlich in meinem Bett, aber kann nicht einschlafen. Mein Schlafzimmer ist viel zu warm und ich bin viel zu aufgekratzt. Ich liege unruhig da und denke über Matt nach, denke an seine Hand auf meiner Taille, an seine Finger an meinem Schlüsselbein, seine Lippen auf meiner Wange. Ich drehe mich von einer Seite auf die andere, doch ich kann das Gefühl, das er hinterlassen hat, einfach nicht loswerden. Ich weiß selbst, dass ich mir nur etwas vormache, dass ich ihn längst nicht mehr nur als primitiven Höhlenmenschen empfinde. Wenn ich ehrlich zu mir selbst bin, muss ich mir eingestehen, dass ich auf dem besten Weg bin, mich in ihn zu verlieben. Und das macht mir mehr Angst, als alles andere.

Ich habe ein ernsthaftes Problem mit Nähe und Beziehungen, ich bin viel zu oft viel zu bitter enttäuscht worden. Und selbst, wenn dem nicht so wäre: Wo soll das schon hinführen? Der Kerl ist ein Frauenheld. Wenn ich mich wirklich auf ihn einlassen würde, dann hätte er eine nette Urlaubseroberung, mit der er zu Hause vor seinen Footballkumpels prahlen kann. Ich wäre nur eine weitere Kerbe in seinem Bettpfosten, bevor er wieder zurück nach Hause fliegt.

Und während er - Tausende von Kilometern weit weg - fröhlich mit der Nächsten herummacht, würde ich hier mit gebrochenem Herzen zurückbleiben.

Es ist schon hell draußen, als ich beschließe, ihn einfach nicht mehr wiederzusehen und endlich in einen oberflächlichen, traumlosen Schlaf falle.

+++

Matt sitzt in dem kleinen Gästezimmer im Haus seiner Großmutter und fühlt sich, wie ein notgeiler Sechzehnjähriger. Der beinahe Kuss mit Sophie war genauso prickelnd, wie frustrierend. Er hatte sich den Ausgang des Abends irgendwie anders vorgestellt, seine immer noch andauernde Erektion erinnert ihn daran, dass es sehr lange her ist, dass er so etwas wie ein Date hatte, dass er eine Frau fast geküsst hat und dann doch alleine ins Bett musste.

Resignierend atmet er tief ein, um die Luft dann langsam durch fast geschlossene Lippen wieder auszupusten.

Er steht auf und holt sich ein Glas Wasser mit Eis und geht zurück auf sein Zimmer.

Am Fenster stehend trinkt er es anschließend in großen Schlucken leer, während er hinaus auf ihr Haus schaut und herauszufinden versucht, hinter welchem der Fenster sich wohl ihr Schlafzimmer verbirgt.

Verdammt, ich bin ein erwachsener Mann und kein verknallter Schuljunge, der aus der Ferne das Haus seiner Angebeteten ausspioniert, nur um einen heimlichen Blick auf das Objekt seiner Begierde zu erhaschen!

Über sich selbst den Kopf schüttelnd zerbeißt er einen Eiswürfel und genießt die köstliche Kälte, die sich daraufhin in seinem Mund verteilt und auch seine Gedanken dazu bringt, sich ein bisschen abzukühlen.

Aber es genügt nicht, um zur Ruhe zu kommen.

Entnervt geht er schließlich ins Bad, zieht sich aus und nimmt eine kalte Dusche.

+++

Als ich mittags, immer noch völlig übermüdet, aufwache, sind es draußen schon wieder 34 °C. Ich habe Kopfschmerzen. Ich dusche erst heiß und dann kalt, koche mir Kaffee, trinke ein Glas Wasser und dann ein Glas Orangensaft, esse ein Toastbrot mit Butter und Honig und als das alles nicht hilft, nehme ich eine Kopfschmerztablette.

Wenn man die halbe Nacht mit fremden Männern, zu viel Alkohol und Grübeleien verbringt, muss man sich am nächsten Tag über einen Kopf, der sich anfühlt, als stünde er kurz vor einer Explosion, vermutlich nicht wundern.

Mein Bruder, der noch schlafend auf dem Sofa lag, als ich vorhin nach unten gekommen bin, scheint vom Geruch des Kaffees wach geworden zu sein. Verschlafen, aber bereits mit einem anzüglich-breiten Grinsen im Gesicht, kommt er zu mir in die Küche. Ich verdrehe bereits die Augen, bevor er mir auch nur Guten Morgen sagen konnte. Ich weiß, was jetzt folgen wird.

„Na Schwesterchen, haben wir einen Kater?“

„Ich ja, ob du auch einen hast, weiß ich nicht. Aber pauschal würde ich sagen: ja. Da liege ich bei dir statistisch ja am besten mit …“, ich stelle meine leere Kaffeetasse in die Spülmaschine und lehne mich gegen die Arbeitsplatte.

„Hey, hey!“, mein Bruder nimmt in einer Geste, die beschwichtigend wirken soll, beide Hände in die Höhe. „Nicht gleich gemein werden! Du tust ja fast so, als wäre ich täglich bis zur Besinnungslosigkeit betrunken!“

Er hat recht, ich bin unfair.

„Tut mir leid“, sage ich etwas kleinlaut, „diese verdammte Hitze macht mir zu schaffen!“

„Kannst du wieder nicht schlafen?“ Die Stimme meines Bruders ist jetzt deutlich sanfter. Ich habe Schlafstörungen, seit ich denken kann. Mal ist es besser, mal schlechter und im Moment ist es katastrophal.

„Du kennst mich doch …“

Lukas streichelt mir über den Rücken.

„Vielleicht wäre es ja besser, wenn du nicht immer alleine schlafen würdest.“

„Ich glaube eher, dann wäre es noch schlimmer!“ Mein Lächeln ist ein wenig zu bitter.

Lukas seufzt schwer.

„Dann vögele mit ihm, schmeiß ihn danach wieder raus und schlaf allein. Vielleicht würde dich das ja zumindest ein bisschen entspannen …“

Ich ziehe die Augenbrauen hoch. „Redest du jetzt von jemandem bestimmten?“

Lukas gießt sich eine Tasse Kaffee ein und trinkt einen großen Schluck, bevor er mir antwortet.

„Du weißt doch genau, von wem ich rede. Von dem niedlichen Starquarterback, den du dir da geangelt hast.“

„Kannst du dir vorstellen, dass ich ausgerechnet etwas mit einem Footballspieler anfangen würde?“

„Ich kenne mich bei Männern nicht sonderlich gut aus, aber er ist doch recht attraktiv, würde ich behaupten, … wieso also nicht?“

„Weil es nicht nur auf das Aussehen ankommt!“ Ich finde selbst, dass sich das irgendwie abgedroschen anhört.

„Stimmt! Auch auf die Schwanzgröße!“ Lukas macht eine anzügliche Geste und ich muss gegen meinen Willen lachen.

„Du weißt genau was ich meine, Lukas!“

„Aber hast du mir nicht gerade erzählt, dass du ohnehin niemanden suchst, der auch nur bei dir übernachtet? Und wenn es nur jemand für Sex sein sollte, lass dir von mir gesagt sein: Mit den inneren Werten eines Menschen kann man nicht ins Bett gehen!“

„Du bist zum Kotzen oberflächlich!“ Genervt streiche ich mein Kleid glatt.

„Und du bist untervögelt und beziehungsgestört. Aber ich hab dich trotzdem lieb!“ Er wirft mir eine Kusshand zu.

Ich suche gerade nach einer bissigen Antwort auf seine Unverschämtheiten, als es an der Tür klingelt.

Lukas lässt mich in der Küche allein, um zu öffnen und mein Herz scheint einen Moment auszusetzen, um dann in einem schnelleren Rhythmus weiterzuschlagen, als ich Matthews Stimme erkenne.

Das ist nicht gut. Das ist ganz und gar nicht gut!

Langsam gehe ich in Richtung Tür, um herauszufinden, wo der Grund dafür liegen mag, dass Matt hier geklingelt hat.

Kapitel 8

„Hi“, sagt Matt und lächelt, als er mich sieht. Er sieht dabei so umwerfend sexy aus, dass mein Herz gleich noch ein bisschen schneller zu schlagen beginnt, als es das sowieso schon tut.

„Guten Morgen!“ Meine Stimme klingt seltsam distanziert, was ich gar nicht schlimm finde. So bildet er sich wenigstens nicht ein, dass ich Interesse an ihm haben könnte. Natürlich ist es so, dass ich schon irgendwie Interesse an ihm *habe*, aber sein Ego ist auch so schon gigantisch genug, ich muss es ihm ja nicht noch unbedingt auf die Nase binden.

Er steht in der Tür und die Sonne lässt ihn golden leuchten. Er sieht wunderschön und irgendwie unwirklich aus in diesem Licht, als wäre er nicht ganz von dieser Welt.

Ein strahlender, goldener Sonnengott!

Ich muss über meine eigenen, seltsamen Gedanken lachen, versuche es aber zu unterdrücken und behalte stattdessen meinen leicht unterkühlten Tonfall bei.

„Was verschafft mir die Ehre deines Besuches?“

„Betty schickt mich mit einer riesigen Einkaufsliste zu IKEA und sie will irgendwelche Kissenbezüge haben, die du auch hast. Sie hat darauf bestanden, dass ich dich frage, ob du mitkommst.

Anscheinend traut sie mir nicht zu, dass ich alleine das Richtige kaufe.“ Er zuckt mit den Schultern und lächelt mich dann entwaffnend an. „Ich habe zwar eher die Vermutung, dass das eine Art Verkupplungsversuch ihrerseits sein soll, aber du weißt ja, wie sie ist, wenn sie sich etwas in den Kopf gesetzt hat. Widerstand ist da einfach zwecklos!“ Er lächelt erneut und ich kann gar nicht anders, als zurückzulächeln.

„Also, junge Dame, würden Sie mir wohl die Ehre erweisen, mich zum Einkaufen zu begleiten, damit ich keinen Ärger mit meiner gar schrecklichen Großmutter bekomme? Ich lade dich dort auch ganz elegant zum Essen ein!“ Er zwinkert in meine Richtung und ich sage ihm zu, bevor ich überhaupt richtig weiß, was ich da tue.

Natürlich nur, um Betty nicht zu enttäuschen!

Das rede ich mir ein, während ich meine Handtasche suche und mir Schuhe anziehe. Ich werfe Lukas einen bösen Blick zu, der mit einem breiten Grinsen beobachtet, wie ich hektisch meine Sachen zusammenraffe und mir auf eine Art und Weise viel Spaß wünscht, als hätte ich mir einen Callboy bestellt, der mich jetzt abholen kommt.

Nachdem ich es geschafft habe, so böse zu schauen, dass mein kleiner Bruder wieder aufgehört hat zu grinsen, beeile ich mich, um zu Matt zu kommen.

Als ich zu ihm ins Freie trete, fühlt es sich an, als würde die Hitze mich erschlagen. Ich gehe neben Matt die paar Meter bis zu seinem Auto her, und als wir dort ankommen, habe ich bereits angefangen zu schwitzen. Er hält mir die Beifahrertür auf und schließt sie hinter mir, als ich mich hingesetzt habe. Nachdem er selbst im Auto sitzt und den Motor angestellt hat, dreht er als Erstes die Klimaanlage an. Angenehmerweise funktioniert diese, im Gegensatz zu der in meinem Auto und nach wenigen Minuten hat die Temperatur im Auto ein angenehmes Maß erreicht.

„Warum, um alles in der Welt, fährst du eigentlich einen Jeep? Hier sind Wälder und unwegsames Gelände doch meilenweit entfernt!“

„Und du meinst, wer trotzdem so eine Karre fährt, muss Potenzprobleme haben, die er auf diese Art kompensieren muss?“ Er sieht mich amüsiert an und ich grinse.

„So etwas in der Art habe ich vermutet.“

„Ich hätte dich ja gestern gerne noch vom Gegenteil überzeugt, aber da kam mir dein liebster Bruder dazwischen!“ Er wirft mir einen kurzen aber eindeutigen Seitenblick zu und ich versuche einfach, sowohl seinen Blick als auch seine Worte zu ignorieren, obwohl mein verräterisch kribbelnder Unterleib sie durchaus zur Kenntnis genommen hat. Ich schaue konzentriert auf die Straße, lecke mir nervös über die Lippen und sage einfach nichts.

„Der Grund für dieses Auto“, fährt Matthew unbekümmert fort, als hätte er gerade wirklich nichts darüber gesagt, dass er gerne Sex mit mir gehabt hätte, „lag ganz einfach in der bescheidenen Auswahl am Flughafen. Es gab nur noch einen Mini Cooper oder eben diesen niedlichen, kleinen Geländewagen. Und da ich beim Autofahren nur ungern die Knie an den Ohren habe, ist mir die Wahl nicht sonderlich schwer gefallen."

Bei der Vorstellung, wie Matthew seinen riesigen Körper in einen Mini quetscht, muss ich lachen.

Er wirft mir einen kurzen Blick zu.

„Ja, ja, du lachst! Aber mir schlafen schon bei der Vorstellung allein, mich in so eine enge Karre quetschen zu müssen, umgehend die Beine ein!"

„Ich könnte sie dir ja massieren, damit sie wieder zum Leben erwachen", antworte ich und als mir klar wird, was ich da vorgeschlagen habe, werde ich rot.

„Wenn du das machst, dann baue ich einen Unfall, garantiert!" Sein Blick ist plötzlich irgendwie verhangen und seine Stimme tief und ein bisschen rau.

Es kostet mich große Anstrengungen, um meinen Blick nicht zwischen seine Beine gleiten zu lassen, um nachzusehen, ob er eine Erektion hat. Ich lasse es nur deshalb bleiben, weil ich mir sicher bin, dass mir die Situation dann noch peinlicher wäre als ihm.

Stattdessen schaue ich starr auf die Straße vor uns.

„Was sollen wir denn eigentlich alles für Betty kaufen?", frage ich darum bemüht, ein unverfänglicheres Thema zu finden.

„Ich habe keine Ahnung, sie hat mir eine Liste mit unaussprechbaren Namen zusammengestellt, ich denke, wir werden Stunden brauchen, um auch nur ein Teil davon zu finden."

„Wann warst du das letzte Mal bei IKEA?“

„Ich glaube, als ich Betty das letzte Mal besucht habe. Das ist bestimmt 18 Jahre her.“

„Es gibt mittlerweile Computer, in die können wir alles eingeben und uns zeigen lassen, wo die Sachen sind.“

Er seufzt erleichtert. „Wunderbar! Ich hatte schon befürchtet, dass wir heute nicht mehr nach Hause kommen.“

„Woher kommt es eigentlich, dass du Betty hier besuchst? Ich könnte mir attraktivere Urlaubsziele für einen erwachsenen Mann als Ferien bei Omi vorstellen …“

Matt zuckt mit den Schultern. „Sie ist meine Lieblingsoma. Und weil sie sich doch im April den Oberschenkel gebrochen hat, konnte sie dieses Jahr nicht in die USA reisen. Also hat sie so lange gedrängelt, bis ich zugesagt habe, sie besuchen zu kommen. Du weißt doch, wie hartnäckig sie ist, wenn sie etwas will!“ Er lacht und schüttelt gleichzeitig den Kopf.

„Ja, sie kann wirklich ein harter Brocken sein!“ Ich lache auch und denke an die vielen Male, bei denen ich gemacht habe, was Betty von mir wollte, obwohl ich selbst ganz andere Pläne hatte. Und meistens ist mir erst dann aufgefallen, wie geschickt sie ihren Willen durchsetzt, wenn es schon zu spät war.

Nach anderthalb Stunden Fahrt sind wir endlich angekommen.

Es ist Samstag und Monatsanfang und der Laden ist so voll, dass man kaum treten kann.

Matt schaut sich kurz um und dreht sich dann zu mir.

„Ich schlage vor, dass wir als Erstes das versprochene Luxusmenü zu uns nehmen, was meinst du?“

Ich nicke zustimmend. Meine einzige feste Nahrung bestand heute bisher nur aus einer Scheibe Toastbrot mit Honig. Mittlerweile ist es früher Nachmittag und ich habe Hunger.

Ich schaue kurz auf den Plan im Eingangsbereich und lotse Matt dann schnell und gezielt zur Essensausgabe. Erleichtert stelle ich fest, dass die Schlange dort nicht allzu lang ist. Wir sind fürs Mittagessen eigentlich schon fast zu spät und zum Kaffeetrinken noch zu früh dran, sodass der größte Ansturm zum Glück schon vorüber ist.

Kurze Zeit später sitzen wir mit unserem Essen am Tisch, Matthews Tablett ist deutlich voller als meines und ich bin von der Größe der Portionen, die er verschlingt, erneut beeindruckt.

Ich betrachte ihn, wie er an dem kleinen Tisch vor mir sitzt und irgendwie wirkt er hier seltsam fehl am Platz, als würde er gar nicht richtig hierher gehören.

„Du gehst nicht oft einkaufen und in solchen … äh … Restaurants essen, oder?“ Ich beobachte während des Sprechens eine hübsche Blondine, die jetzt schon zum dritten Mal an unserem Tisch vorbei geht und versucht, Matts Aufmerksamkeit zu erregen. Was mich dazu bringt, ein bisschen näher an ihn heranzurücken.

Matthew isst den letzten Löffel seines Nachtischs in aller Ruhe auf, bevor er mir antwortet.

„Früher schon. Aber seit ich bekannt geworden bin kaum noch. Es nervt ein bisschen, wenn ständig jemand ankommt und ein Autogramm haben möchte oder wenn man sich mal beim Essen bekleckert und am nächsten Tag gleich ein Foto davon in der Zeitung ist.“ Er sagt das alles so ganz beiläufig, als wäre es eine unumstößliche Tatsache und ich brauche einen Moment, bis ich anfange zu lachen. Vermutlich will er mich ein bisschen auf den Arm nehmen.

„Ich habe meine Fans heute alle vorher angeschrieben und ihnen verboten, mich um Autogramme zu bitten! Ich wollte ja nicht, dass du dich schlecht fühlst, wenn ich ständig welche geben muss und dich hier niemand fragt. Wo du es doch so gewohnt bist.“ Ich grinse ihn an.

Er runzelt einen Moment verwirrt die Stirn. Dann grinst er zurück.

„Du bist wirklich sehr rücksichtsvoll zu mir und meinem riesigen Ego, Sophie!“ Er nimmt meine Hand und hebt sie an seine Lippen und haucht mir einen Kuss auf meine Fingerkuppen. Ein Kribbeln durchläuft mich und ich seufze tief. Genau in diesem Augenblick kommt die dusselige Blondine das vierte Mal an unseren Tisch vorbei, aber als sie meine Hand an Matthews Lippen sieht, zieht sie beleidigt ab.

Ich fühle mich, als würde ich vor lauter Stolz und Freude mindestens fünf Zentimeter wachsen.

Verschwinde Blondie! Heute hat er nur Augen für mich!

+++

Sie weiß es tatsächlich nicht!

Amüsiert lehnt sich Matt zurück und betrachtet ihr hübsches Profil, während sie stirnrunzelnd irgendeiner Blondine nachschaut.

Das kann ja noch amüsant werden!

Sein „Riesenego“ findet es mal ganz entspannend, nicht überall und von jedem erkannt zu werden. Und dass Sophie im Prinzip nichts über ihn weiß ist auch ein echter Pluspunkt. So kann er sich zumindest sicher sein, dass sie sich nicht nur deshalb für ihn interessiert, weil er bekannt ist. Er hat sich schon lange nicht mehr so sehr wie er selbst gefühlt wie bei ihr.

Sie davon zu überzeugen, dass sie sich *überhaupt* für ihn interessiert, kann allerdings noch spannend werden.

Er lehnt sich zurück, verschränkt die Arme vor der Brust und lächelt. Hartnäckigkeit und Charme haben schließlich noch immer geholfen.

+++

Trotz Bettys endlos langer Einkaufsliste vergeht der Einkauf wie im Fluge.

Matt ist höflich und zuvorkommend, und obwohl die meisten der anwesenden Frauen nur noch Augen für ihn haben, sobald er in ihrem Sichtfeld auftaucht, gibt Matt mir das Gefühl, dass er nur Augen für mich hat. Dieses Gefühl erfüllt mich mit einer guten Portion Stolz und Selbstbewusstsein.

Genau wie gestern Abend, lässt er auch heute keine Gelegenheit aus, mich zu berühren. Ganz beiläufig streifen seine Hände über meinen nackten Unterarm, legen sich auf meinen Oberarm und wenn er mich auf etwas aufmerksam machen will, legt er seine Hand auf meine Schulter.

Als wir uns nach dem Bezahlen noch ein Softeis kaufen, sitzen wir nebeneinander auf einer Bank, Matt legt seinen Arm lässig hinter mir auf die Lehne, streckt seine langen Beine aus und überkreuzt die Fußknöchel.

Nachdem wir eine Weile schweigend nebeneinander gesessen und die vorbeigehenden Leute beobachtet haben, spüre ich irgendwann seine Hand in meinem Nacken. Die Finger seiner rechten Hand liegen halb auf meinem Hals, halb auf meiner Schulter und sein Daumen beginnt mit sanftem Druck über die Muskulatur neben meiner Halswirbelsäule zu streichen, von meiner Schulter hoch bis zum Haaransatz in meinem Nacken und wieder zurück.

Er schafft es, das Ganze völlig belanglos und zufällig erscheinen zu lassen und isst sein Eis dabei ungerührt weiter.

Ich merke, dass ich mich an seine Hand schmiege, ohne dass ich mich überhaupt dagegen wehren kann. Ich schiebe meinen Kopf in seine Hand und reibe mich an ihm, wie ein kleines Kätzchen, das um Aufmerksamkeit bettelt, während mein Körper für ihn zu singen beginnt.

Kapitel 9

Auf dem Rückweg stehen wir stundenlang im Stau und als wir endlich zu Hause ankommen, ist es bereits später Abend. Ich helfe Matt das Auto auszuräumen, anschließend bauen wir zusammen die Regale auf, die Betty haben wollte. Sie versorgt mich mit Mineralwasser und Matt mit selbst gemachtem Eistee und der Rest des Abends ist schnell vergangen. Als wir fertig sind und Matt mich, überflüssigerweise, das kurze Stück bis nach Hause begleitet, ist die Hitze immer noch unerträglich, obwohl es mittlerweile tiefe Nacht geworden ist. Die Luft riecht noch nach der Hitze des Tages und in einem der Vorgärten zirpt eine Grille. „Schade, dass das Meer hier so weit weg ist!“ Matt seufzt und streckt die Arme über seinen Kopf, sodass sein Shirt ein bisschen hoch rutscht und ich ein paar Zentimeter seines muskulösen Bauchs sehen kann. „Ich würde ein Verbrechen begehen, um jetzt schwimmen gehen zu können!“

Ich stehe immer noch vor der Haustür und sehe ihn einen Augenblick lang nachdenklich an.

„Würdest du das wirklich?“

„Was?“ Er zieht irritiert fragend die Augenbrauen zusammen.

„Ein Verbrechen begehen … um schwimmen gehen zu können?“

„Na klar!“ Er grinst breit.

Ich grinse auch und fühle mich plötzlich ganz übermütig.

„Hast du irgendetwas Wertvolles in den Hosentaschen? Lass es lieber hier.“

Matt sieht mich jetzt völlig verwirrt an, nimmt aber brav seine Brieftasche und seinen Autoschlüssel aus seiner Hose und legt sie auf die Kommode in meinem Hausflur.

„Komm!“, ich ziehe ihn an seinem Arm sanft aus dem Haus und schließe die Tür ab. Den Schlüssel lege ich unter einen Stein neben der Tür.

„Das ist aber kein sicheres Versteck. Laut Statistik ist das Platz Nummer zwei, an dem Einbrecher suchen, wenn sie einen Schlüssel finden wollen. Gleich nach der Fußmatte!“, merkt Matthew an.

„Und laut Statistik werden Klugscheißer zunehmend unbeliebter!“ Ich strecke ihm die Zunge raus. „Kommst du jetzt mit oder willst du lieber hier bleiben und aufpassen, dass niemand den Schlüssel findet?“

Matthew setzt sich in Bewegung und nimmt meine Hand. Im ersten Moment bin ich erstaunt über diese vertraute Geste, die umgehend ein Kribbeln in meinem Körper auslöst. Ich bin hin- und hergerissen, zwischen seine Hand einfach wieder los lassen oder ihn an mich zu reißen und über ihn herzufallen, schaffe es dann aber doch, einfach gar nichts zu machen. Nur seine Hand schweigend weiter in meiner zu halten und weiter zu gehen.

Dieser Typ bringt mich dazu, all meine Prinzipien zu vergessen! Und das verunsichert mich..

„Verrätst du mir, wo du mit mir hinwillst?“, fragt er mich, nachdem er schon ein paar Minuten hinter mir hergelaufen ist.

„Psst … wir sind gleich da! Drei Minuten vielleicht noch!“ Wir verlassen das Wohngebiet mit den gepflegten Einfamilienhäusern und kommen an den Rand eines kleinen Waldes.

„Nur noch ein kleines Stückchen …“

„Gibt es hier etwa einen Badesee?“

Ich lache und fühle mich, als wäre ich wieder siebzehn. Übermütig und unbekümmert.

„Nein keinen See.“ Ich zeige auf den Zaun des Waldschwimmbades, bei dem wir jetzt angekommen sind. „Aber es gibt ein Freibad!“

„Sophie, es ist zwei Uhr nachts! Da hat das Freibad ge … Oh!“ Matt bleibt stehen und verschränkt grinsend die Arme. „Das meintest du also mit dem Verbrechen, das ich begehen muss.“

Ich zucke lachend mit den Schultern. „Es ist ja nur ein ganz kleines. Du willst doch schwimmen gehen, oder hast du vielleicht zu viel Angst?“

„Niemals!“ Seine weißen Zähne blitzen in der Dunkelheit der Nacht auf und ich kann seine Augen mutwillig funkeln sehen.

„Wie willst du über den Zaun kommen? Der ist hier viel zu hoch!“ Seine Augen wandern skeptisch an dem hohen Zaun entlang, der im oberen Bereich mit Stacheldraht versehen ist.

„Hier ja, aber da hinten gibt es eine Stelle, an der es vor dem Zaun einen Baum gibt. Und dort ist auch kein Stacheldraht!“

Ich gehe ein Stück am Zaun entlang, bis zu einer Stelle, an der er halb im Wald verschwindet.

Schließlich zeige ich auf einen Baum, dessen Zweige ein Stück über den Zaun hinaus, bis in das Innere des Schwimmbadgeländes reichen.

„Da müssen wir hoch! Schaffst du das?“

Matt schmunzelt. „Wenn du das schaffst, dann schaffe ich das auch! Aber verrätst du mir auch, wie wir hinterher wieder zurückkommen sollen? Auf der Innenseite gibt es schließlich keinen Baum!“

„Nein, einen Baum gibt es nicht. Aber von innen kann man das Gestänge des Maschendrahtzauns nutzen, um wieder zurückzukommen! Also, was sagst du?“

„Nach Ihnen, junge Frau!“ Matt macht eine einladende Geste Richtung Baum.

Ich beginne zu klettern und bin mir plötzlich nicht mehr sicher, ob es echt so eine gute Idee war.

Mit siebzehn ist mir das irgendwie einfacher vorgekommen!

Auch wenn ich mir bei der ganzen Aktion verwegen und jugendlich vorkomme, muss ich mir während des Kletterns leider eingestehen, dass ich es nicht mehr bin. Was ich mit siebzehn noch mühelos geschafft habe, artet jetzt in einen leicht verkrampften Akt aus und ich bemühe mich, mir keine Blöße zu geben, indem ich vor Anstrengung keuche. Stattdessen beiße ich die Zähne zusammen und klettere tapfer weiter.

Ich erreiche endlich den Ast, der bis über den Zaun ragt, rutsche bis ganz nach vorne, lasse dann die Beine zu einer Seite herabbaumeln und rutsche weiter herunter, bis ich an meinen ausgestreckten Armen am Baum hänge. Dann lasse ich mich fallen. Ein paar Sekunden später landet Matt leise lachend neben mir auf der Wiese.

„Und du bist dir sicher, dass das Schwimmbad nicht bewacht wird?“ Er steht langsam auf und schaut sich misstrauisch um.

„Personal haben die hier nachts keins, die Stadt muss sparen! Aber früher gab es mal Hunde. Eine Freundin von mir ist mal vor denen geflohen, splitterfasernackt und den Haustürschlüssel hatte sie noch in der Hosentasche, die zugehörige Hose lag noch am Beckenrand, genau wie ihr Portemonnaie. Das gab hinterher ziemlichen Ärger, weil ihr Personalausweis noch drin war und natürlich am nächsten Morgen vom Bademeister gefunden wurde.“

„Deshalb sollte ich also meine Taschen leer räumen?“

„Ganz genau, man kann ja nie wissen! Und wo du doch so ein Superstar bist … das wäre bestimmt keine sehr gute Presse für dich!“

Ich stehe auf, streife meine Schuhe ab und laufe in Richtung Schwimmbecken.

Während das im Mondschein verführerisch funkelnde Wasser immer näherkommt, mache ich mir Gedanken darüber, was von meinen Sachen ich jetzt ausziehe und was ich anlasse. Ich komme weder zu einem Ergebnis, geschweige denn dazu, irgendetwas auszuziehen, denn Matt packt mich plötzlich und wirft mich mitsamt meines dünnen Sommerkleides und der Unterwäsche, die ich trage, ins Wasser.

Ich kreische auf wie ein kleines Schulmädchen und im gleichen Moment ist mir diese Reaktion peinlich und ich werde ein bisschen wütend auf Matt.

Allerdings hält dieser Gemütszustand nicht sehr lange an, denn als ich mir das Wasser aus den Augen gerieben habe und wieder klar sehen kann, sehe ich nur noch eines:

Und das ist Matthew, der gerade dabei ist, sich T-Shirt und Hose auszuziehen und nur mit engen Boxerhorts bekleidet lachend zu mir ins Wasser springt.

Leider ist im Wasser nicht mehr viel von seinem Körper zu sehen, was ich mit einigem Bedauern zur Kenntnis nehmen muss.

Ich schwimme ein paar Züge von ihm weg, während er in meine Richtung schwimmt, und als er trotzdem noch näher kommt, spritze ich ihn nass.

„Hey!“, er prustet und lacht und kommt unerbittlich näher zu mir. Im Mondlicht sieht er ganz silbern aus und irgendwie unwirklich.

Er greift nach meinem Fuß und ich entwische ihm lachend und in letzter Sekunde.

Leider ist er ziemlich gut trainiert und ich bin ziemlich unsportlich.

Er kommt immer näher an mich heran und irgendwann rette ich mich an den Beckenrand. Ich bin eine miserable Schwimmerin.

Ich lehne mich mit dem Rücken gegen den Rand und beobachte, wie er mit großen, kräftigen Zügen auf mich zugeschwommen kommt.

„Hey“, sagt er noch einmal, diesmal ganz sanft. Er ist jetzt direkt vor mir, seine Hände sind links und rechts von mir am Beckenrand und ich stelle fest, dass es eine dumme Idee gewesen ist, mich in die vermeintliche Sicherheit des Randes zu flüchten: Ich habe keine Möglichkeit mehr, irgendwohin auszuweichen.

Plötzlich nervös lecke ich mir über die Lippen.

Ich schaue Matthew an, die Lichtreflexe die der Vollmond auf dem Wasser verursacht, spiegeln sich in seinem Gesicht wieder. Er ist jetzt so nah vor mir, dass mein Brustkorb den seinen schon berühren würde, wenn ich nur zu tief einatmen würde. Ich kann seinen warmen Atem an meiner Wange spüren, als sich sein Gesicht mir noch weiter nähert. Er streicht mir eine nasse Haarsträhne aus der Stirn und ein kleines Zittern durchläuft mich.

Seine Hand schmiegt sich an meine Wange. Er umfasst mein Gesicht und sein eigenes kommt mir - langsam aber unaufhaltsam – näher und noch näher. Ich schließe die Augen und warte darauf, dass seine Lippen auf meine treffen.

Aber es passiert … nichts. Als ich die Augen wieder öffne, ist Matthew wie erstarrt und scheint angestrengt auf irgendetwas zu achten.

„Was ist?“, frage ich ihn irritiert und im selben Moment höre ich es auch: Ganz in der Nähe bellt ein Hund und das Gebell kommt immer näher.

„Bist du dir sicher, dass es hier keinen Wachhund mehr gibt?“

Das Gebell ist eindeutig noch näher gekommen und ich schüttele nur stumm mit dem Kopf. „Sicher bin ich mir nicht …“, flüstere ich dann leicht panisch.

„Scheiße!“ Matthew flucht und verlässt fluchtartig das Schwimmbecken, reicht mir dann die Hand und zieht mich raus. Hektisch rafft er seine Sachen zusammen, während ich meine Schuhe schnappe und bereits panisch in Richtung Zaun renne. Er ist schließlich Profisportler, er wird mich schon einholen. Und das Gebell klingt langsam wirklich wütend und ziemlich nah.

Im Nu hat Matt mich überholt und wartet ungeduldig am Zaun auf mich, er macht eine Räuberleiter, damit ich schneller herüberkomme und folgt mir dann umgehend.

Auf der anderen Seite landen wir fast gleichzeitig auf dem Fußboden und rennen dann eilig weiter, der Hund bellt immer noch. Zehn Meter weiter prallen wir fast in eine Mittfünfzigerin, die gerade ihren geifernden Hund anleint. Das Bellen hat jetzt aufgehört.

Sie starrt Matt und mich irritiert an, er ist immer noch halb nackt, ich trage ein durchnässtes Sommerkleid, wir sind beide tropfnass und völlig außer Atem.

„Er hat ein Kaninchen gewittert und sich furchtbar aufgeregt“, erklärt sie uns irgendwie verunsichert, während sie sich weiter um ihren wieder kläffenden Köter kümmert.

Matt sieht mich an und wir fangen gleichzeitig lauthals an zu lachen. Er greift nach meiner Hand und zieht mich schnell weiter, ich kann die verwunderten Blicke der Frau mit dem Hund noch eine ganze Weile in unserem Rücken spüren, während wir fast nicht mehr aufhören können laut zu lachen.

Es dauert nur ein paar Minuten, bis wir wieder zu Hause sind. Matt hat sich zwischen drin seine Hose wieder übergezogen, sein muskulöser Oberkörper ist immer noch nackt. Ich schließe die Haustür auf und er folgt mir ins Innere.

Den halben Abend habe ich mich gefühlt wie berauscht und jetzt ist es, als wäre ich schlagartig wieder nüchtern geworden.

Wenn er jetzt bleibt, dann ist es um mich geschehen, dann verliebe ich mich in ihn, Hals über Kopf!

Die Stimme in meinem Kopf ist laut und warnend.

Ich drücke Matt seine Sachen in die Hand, die er vorher auf meiner Kommode deponiert hat und lächele ihn mit einem distanzierten Lächeln an, bevor ich ihm eine gute Nacht wünsche und ihn zur Tür heraus schiebe. Das letzte bisschen Selbsterhaltungstrieb in mir hat über meine anderen Triebe gesiegt.

Ich ziehe mich um, lege mich ins Bett und versuche zu schlafen, aber wieder beginnt es draußen schon hell zu werden, bevor ich überhaupt ein bisschen Schlaf finden kann.

+++

Das war einer der verrücktesten Abende, die er je erlebt hat.

Er liegt im Bett, die Beine von sich gestreckt, die Arme im Nacken verschränkt und schüttelt lachend den Kopf.

Seine Gedanken wandern immer wieder zu Sophie.

Manchmal erscheint es ihm fast so, als hätte sie zwei verschiedene Gesichter.

Wenn sie lacht und so unbeschwert ist, wie heute Abend beim Schwimmen, dann wirkt sie plötzlich wahnsinnig jung und sprüht vor Energie fast Funken. Sie wirkt frei und offen.

Und schlagartig wird sie dann von einer anderen Sophie abgelöst, einer die ernst ist und einen Schutzpanzer um sich errichtet hat, der es nahezu unmöglich macht, an sie heranzukommen.

Diese beiden Sophies scheinen nichts miteinander zu tun zu haben. Es ist so, als würde es entweder nur die eine oder die andere geben.

Matthew streckt die Arme lang aus und seufzt.

Zu gerne würde er hinter ihre Kulissen gucken und schauen, ob es dort noch eine andere, wahre Sophie gibt.

Ob sie wohl beim Sex ihre Masken fallen lässt?

Er versucht sich ihr Gesicht vorzustellen, während sie einen Orgasmus hat. Sofort bereut er den Gedanken wieder. Schlagartig wird sein Schwanz hart und er weiß, dass es jetzt wohl eine Weile brauchen wird, bis er einschlafen kann.

+++

Kapitel 10

Wieder wache ich erst gegen Mittag auf und auch heute dröhnt mir der Kopf. Auch diesmal versuche ich es erst mit Dusche, Kaffee und Toast, aber auch heute bleibt dieser Versuch vergeblich. Ich nehme wieder eine Tablette, so viele brauche ich sonst in einem ganzen Monat nicht.

Ich warte, bis meine Kopfschmerzen sich gebessert haben, dann werfe ich einen Blick in meinen Terminkalender. Nächste Woche ist der Abgabetermin für eine Übersetzung, die ich erst gut zur Hälfte fertig habe. Also mache ich, was mir am besten hilft, wenn ich Kummer oder Sorgen habe: Ich stürze mich in Arbeit und versuche dabei, mein circa 198 cm großes Problem namens Matthew Johnson zu verdrängen.

Den ganzen Sonntag über arbeite ich ruhig und konzentriert, ignoriere das Telefon, das mehrfach klingelt und ignoriere auch, dass es dreimal an meiner Haustür klingelt. Ich igele mich einfach ein und tue so, als würde ich rein gar nichts bemerken. Ich verlasse den ganzen Tag das Haus nicht. Zum Kochen ist es mir zu warm und ich esse nur eine kleine Portion Obstsalat. Gegen Abend kühlt es endlich ein bisschen ab. Ich schiebe mir eine Tiefkühlpizza in den Ofen, die ich anschließend mit vor dem Fernseher nehme. Als ich das erste Stück Pizza essen will, verbrenne ich mir an der heißen Tomatensoße den Gaumen. Es gibt eine unangenehme Brandblase, die gleich aufgeht und sich rau anfühlt und schmerzhaft ist, wenn ich mit der Zunge darüber streiche. Ich fluche leise und lehne mich dann genervt in meinem Sessel zurück.

Jetzt erst merke ich, wie erschöpft ich bin. Ich schaue mir eine sinnlose Sendung nach der nächsten im Fernsehen an, bin völlig übermüdet, will aber nicht schlafen gehen, weil ich genau weiß, dass sich meine Gedanken dort wieder nur um eine einzige Person drehen werden: Matthew.

Irgendwann schaffe ich es endlich, aufzustehen und ins Bett zu gehen, diese Nacht schlafe ich schnell ein, aber leider quälen mich die halbe Nacht lang Albträume.

Ich träume von all den Typen, denen ich mein Herz geschenkt habe und die es dann mit Füßen getreten haben. Und jedes Mal haben sie Matthews Gesicht.

Morgens wache ich auf, und mein dünnes Baumwollnachthemd klebt schweißnass an meinem Körper, genau wie das Laken, das ich als Decke benutzt habe. Mir tut der Kiefer weh. Vermutlich habe ich im Schlaf mit den Zähnen geknirscht. Mein Kopf fühlt sich an, als stünde er kurz vor einer Explosion, genauso wie an den Tagen zuvor. Außerdem bin ich immer noch völlig übermüdet. Diesmal nehme ich die Kopfschmerztablette noch vor dem Zähneputzen.

Nachdem ich geduscht und gefrühstückt habe, geht es mir ein bisschen besser. Ich beschließe an meinem erfolgreichen Konzept aus Arbeit und Verdrängung von gestern festzuhalten und konzentriere mich wieder auf meine Übersetzung. Auch heute ignoriere ich wieder sowohl das Telefon als auch die Türklingel und arbeite, beinahe ohne Pause, bis 19:30 Uhr durch. Trotz der drückenden Hitze komme ich auch heute wieder gut und schnell voran. Gegen Abend sind die Übersetzungen fertiggestellt. Statt des erwarteten Gefühls von Erleichterung stellt sich plötzlich eine gewisse Leere ein, die mich ärgert.

Nach einer lauwarmen Dusche ziehe ich mir ein leichtes, cremefarbenes Sommerkleid und frische Wäsche an. Aber auch nach der Dusche fühle ich mich nicht wirklich besser.

Ich überlege mir, ob die Leere meiner Gefühle vielleicht verschwindet, wenn ich die Leere in meinem Magen fülle, also gehe ich in die Küche und koche mir Pasta mit Blattspinat und gerösteten Mandelblättchen.

Das Essen nehme ich mit auf meine Terrasse. Es ist ein warmer Sommerabend. Es sind Sommerferien und die Luft ist erfüllt mit dem Geruch von Gegrilltem, frisch gemähtem Gras und Sommerblumen. In der Ferne ist ein leises Donnergrollen zu hören und mit einem Blick auf den Himmel regt sich in mir die Hoffnung, dass es heute vielleicht noch Regen geben wird und sich die Luft erfrischt und abkühlt. Ich lehne mich seufzend in meinem Stuhl zurück und will mir gerade ein Glas Wein einschenken, als ich nebenan aus dem Garten ein Geräusch höre. Der Garten neben meinem ist Bettys Garten. Und wenn das Bettys Garten ist … dann ist es im Moment auch Matthews Garten!

Verdammt, das habe ich nicht bedacht!

Wenn ich mich tot stellen will, ist es vielleicht nicht gerade günstig, auf der Terrasse zu essen, während derjenige, vor dem ich mich verstecken will, im Garten nebenan sitzt. Vorsichtig nehme ich meinen Teller vom Tisch hoch, um ihn leise zurück ins Haus zu tragen, als ich mit dem rechten Fuß an der Türschwelle hängen bleibe. Mit einem lauten Scheppern rutscht mir mein Messer aus der Hand und landet auf dem Granitpflaster meiner Terrasse.

Scheiße!

Ich bleibe ganz still stehen, als wäre ich zu einer Salzsäule erstarrt und schicke ein Stoßgebet zum Himmel, dass mich nebenan niemand gehört hat.

Kapitel 11

Es dauert keine zehn Sekunden, bis ein Geräusch an dem hohen, blickdichten Holzzaun zu hören ist, der Bettys und meinen Garten voneinander trennt. Und es dauert keine weiteren zehn Sekunden, bis Matthew auftaucht, der in all seiner Pracht über den Zaun klettert.

Ich bin mir nicht ganz sicher, um wen ich mir am meisten Sorgen mache: Um Matt, der gerade den höchsten Punkt des Zauns erreicht hat und nun akut absturzgefährdet aussieht. Oder um den Zaun, der unter Matthews Last verdächtige Geräusche von sich zu geben beginnt und anfängt zu wackeln. Oder um mich selbst, die ihren Teller fest umklammernd, kurz vor einem Herzanfall steht.

Als Matt sicher auf meiner Seite des Gartens ankommt, bleibt er kurz stehen, um sich Schmutz und Efeuranken abzuklopfen, die der Zaun auf ihm hinterlassen hat.

Oh verdammt, er ist so umwerfend attraktiv!

Seine Haare fallen ihm in die Stirn und er trägt sommerliche Shorts und ein schlichtes, graues T-Shirt. Und er sieht … *wütend* aus. Ich muss gestehen, dass er wütend wirklich ziemlich beeindruckend ist. Er kommt auf mich zu und es kostet mich all meine Willenskraft, mir nicht die Blöße zu geben, vor ihm zurückzuweichen und wie ein kreischendes, kleines Mädchen ins Haus zu flüchten. Parallel dazu regt sich etwas in mir, das sich so sehr zu ihm hingezogen fühlt, dass mir fast schwindelig davon wird.

Ich atme einmal tief durch und mache einen vorsichtigen Schritt nach vorne, um meinen vollen Teller wieder auf den Gartentisch zu stellen. Dann verschränke ich die Arme schützend vor meiner Brust.

„Guten Abend, Matthew!“ Es gelingt mir tatsächlich, meine Stimme so klingen zu lassen, als wäre mir irgendein Bekannter zufällig irgendwo auf der Straße begegnet. Meine Handflächen beginnen trotzdem zu schwitzen, aber zum Glück kann er das ja nicht sehen. Ich wische sie unauffällig an meinem Kleid ab.

„Sophie!“ Seine Stimme ist ein leises Zischen, als wäre er eine Schlange, die kurz davor ist, die Zähne in ihre Beute zu schlagen. „Kannst du mir mal bitte erzählen, was der ganze Scheiß soll?“

„Von welchem Scheiß bitte sprichst du denn?“ Natürlich weiß ich ganz genau, was er meint, aber sich dumm zustellen ist ja meist eine gute Taktik in solchen Fällen.

„Ich habe sowohl gestern als auch heute mehrfach versucht, dich anzurufen. Und bei dir geklingelt habe ich auch …“, er hebt mahnend den Zeigefinger, als ich ihn unterbrechen will, „ … bitte tisch mir jetzt keine Lügen auf, von wegen, du wärst nicht zu Hause gewesen. Ich wohne momentan gleich nebenan, ich bin mir ganz sicher, dass du da warst. Also verarsch mich gefälligst nicht!“

Er steht jetzt direkt vor mir und ich kann die dunkelblauen Stellen im Hellblau seiner Augen erkennen, die aussehen, wie ein Stern, der sich rund um die Pupille gebildet hat. Ich bin von diesem Anblick so abgelenkt, dass ich vergesse, was ich sagen wollte. Um mich zu sammeln atme ich tief ein, was sich umgehend als Fehler erweist, denn ich habe vergessen, dass er noch viel besser riecht, als er aussieht. Für einen Augenblick von seinem Geruch berauscht mache ich die Augen zu und halte die Luft an, um zu versuchen, wieder einen klaren Kopf zu bekommen.

„Na und? Ich wüsste nicht, was dich das angeht. Ich wollte arbeiten und nicht gestört werden. Es ist ja nicht so, als ob da irgendetwas zwischen uns wäre. Du bist nur der Besuch meiner Nachbarin. Ich bin dir keine Rechenschaft schuldig!"

„Da ist nichts zwischen uns? Hast du das wirklich gerade gesagt?" Seine Stimme ist bedrohlich leise, er scheint wirklich *ziemlich* wütend auf mich zu sein. Aus seinen Augen sprühen beinahe Funken und - verdammt - er ist echt umwerfend sexy, wenn er so wütend ist. Ich versuche den Gedanken weit von mir zu schieben und mich auf etwas anderes zu konzentrieren.

„Genau das habe ich gerade gesagt", erkläre ich ihm, so als würde ich mit einem etwas zurückgebliebenen Kind sprechen.

„Ach nein?" Er kommt noch ein Stückchen näher und packt mich fest bei den Schultern. „Da ist also nichts zwischen uns?" Reglos steht er da und starrt mich an.

Seine plötzliche Nähe stürzt mich in ein tiefes Gefühlschaos. Ich kann durch die dünnen Schichten unserer Kleidung die Hitze seiner Haut schon auf der meinen spüren.

Unwillkürlich fasse ich nach seinen Schultern, ursprünglich um ihn ein wenig mehr auf Abstand zu bringen, aber das Spiel seiner sich anspannenden Muskeln, das ich unter meinen Händen wahrnehmen kann, hat seine ganz eigene Wirkung auf mich. Mein ganzer Körper scheint sich nach ihm zu sehnen und ich würde mich am liebsten blind in seine Arme werfen und mich ihm auf der Stelle hingeben.

Er riecht so betörend und überwältigend großartig, dass ich das Gefühl habe, bald das letzte Fünkchen Verstand und den letzten Rest Selbstbeherrschung zu verlieren.

Ich versuche, ganz flach und nur durch den Mund zu atmen, damit sein Duft mir nicht wieder die Sinne benebelt. Darauf bin ich so konzentriert, dass ich nicht bemerke, dass er plötzlich anfängt, sich wieder zu regen. Bevor ich eine Chance habe ihm auszuweichen, reißt er mich mit einer schnellen Bewegung an meinen Schultern zu sich heran und seine Lippen landen auf meinen.

Er küsst mich, fest, wütend, fordernd und besitzergreifend, erobert meinen Mund mit seinem Kuss. Ich versuche einen Moment lang mich zu wehren, mich steif zu machen, ihn wegzuschieben und vor allem, ihn nicht zurück zu küssen. Es gelingt mir vielleicht zwei Sekunden lang, dann werden meine Knie weich und Matt muss mich festhalten, damit ich nicht hinfalle. Er legt einen Arm um meine Taille, den anderen auf meinen Rücken und presst mich gegen seinen harten, männlichen Körper.

In meinen Ohren rauscht das Blut und mein gesamter Körper kribbelt. Sein Mund öffnet sich ein bisschen und seine Zunge malt die Kontur meiner Unterlippe nach, während er darauf wartet, dass ich ihm Einlass gewähre. Wie von selbst öffnet sich mein Mund unter seiner Berührung und ich lasse es zu, dass seine Zunge beginnt mich zu erforschen. Er schmeckt nach Pfefferminz, ein bisschen nach Bier und nach Erregung.

Schande kann dieser Mann küssen!

Ich bin froh, dass er mich immer noch festhält, denn ich bin mir sicher, dass meine Beine mich gerade nicht mehr alleine tragen würden. Die Wut in seinem Kuss lässt langsam nach, dafür spüre ich jetzt die Leidenschaft, die in ihm zu erwachen beginnt. Er küsst mich so lange, bis sich unser beider Atmung so sehr beschleunigt hat, als wären wir gerade einen Marathon gelaufen.

Ich presse mich noch enger an seinen Körper, spüre seine Erektion an meinem Bauch und nehme gleichzeitig die Nässe wahr, die sich zwischen meinen Beinen ausbreitet. Seine Hände wandern zu meinem Po und drücken mein Becken fest an sich, während er seinen Oberschenkel zwischen meine Beine schiebt.

Es ist einfach unmöglich, aufzuhören ihn zu küssen. Ich bin berauscht von diesem Mann. Ich will mehr, viel mehr, aber etwas in mir hält mich immer noch zurück. Sorgt dafür, dass ich ihm immer noch nicht alles gebe, was ich geben könnte, mir immer noch nicht alles nehme, was ich haben könnte.

Er löst sich schließlich von mir und sieht mich an, sein Blick ist verhangen, seine Lippen sind leicht geöffnet. Mein Körper sehnt sich nach ihm, kaum dass er mich losgelassen hat.

Als Matt mich hochheben will, mache ich noch einen letzten, halbherzigen Versuch mich gegen ihn zu wehren.

Er lacht rau über meinen Versuch und flüstert mit tiefer Stimme in mein Ohr:

„Sophie, du hast die Wahl. Du kannst dich jetzt von mir rein tragen lassen und wir machen die Tür hinter uns zu und haben Sex in deinem Haus. Oder aber ich nehme dich jetzt und hier auf deinem Gartentisch und alle Nachbarn können zuhören, wie du schreist, wenn du für mich kommst!“

Ich weiß nicht, ob es die Erregung in seiner Stimme ist, oder die Vorstellung, wie er mich auf dem Gartentisch vögelt, ob es sein Kuss ist, sein Geruch, sein Oberschenkel, der sich gegen meinen willigen Unterleib drückt, oder vielleicht die Kombination aus all dem. Jedenfalls verschwinden meine gesamten Bedenken plötzlich und werden begraben unter einer Lawine aus Lust und Erregung, es ist, als würden alle meine Dämme brechen. Ich schaue ihm noch eine Sekunde lang in seine funkelnden Augen, dann presse ich meine Lippen auf seine, schiebe meine Zunge in seinen Mund und küsse ihn, wild und aggressiv, ich falle förmlich über ihn her.

Ich schiebe ihn vor mir her ins Haus und er lacht kurz auf, als er die Veränderung an mir bemerkt. Feststellt, dass er gewonnen hat. Seine Hände landen wieder auf meinem Po, während er, halb von mir geschoben und halb von selbst, rückwärts ins Haus stolpert. Wir hören nicht auf uns zu küssen, während wir es irgendwie bis zur Treppe schaffen.

Wir taumeln, uns weiterhin eng umschlungen küssend, mehr die Treppenstufen hoch, als dass wir sie gehen und es ist erstaunlich, dass wir schließlich irgendwie heil oben ankommen. Ich zerre ungeduldig an Matts T-Shirt, bis er mir endlich hilft, es über seinen Kopf zu ziehen. Ich stehe einem Berg von festen Muskeln und glatter, gebräunter Haut gegenüber und ich kann mich gar nicht entscheiden, ob ich ihn zuerst ansehen oder anfassen möchte. Ich bleibe also nur ungläubig stehen und starre ihn an.

Als er meine Blicke auf sich bemerkt, tritt einen Schritt zurück. Er streckt die Arme ein bisschen zur Seite aus, etwa so, als würde er ein neues Kleidungsstück vorführen und bietet mir so die Möglichkeit, ihn in seiner vollen Schönheit anzusehen. So präsentiert er sich mir, irgendwo zwischen erfreut und verlegen, lacht leise über meinen ungläubigen, bewundernden Blick und zieht fragend die Augenbrauen hoch.

„Gut?“, fragt er und klingt ganz atemlos.

Ich würde ihm gerne antworten, aber meine Stimme gehorcht mir nicht mehr. Also nicke ich nur stumm, während ich die kurze Distanz zwischen uns mit einem Schritt überbrücke. Ich lege meine Arme um ihn und ziehe ihn an mich, atme den Duft seiner nackten, warmen Haut tief ein und lasse meine Hände über seine festen Brustmuskeln gleiten. Fahre den Weg der kleinen, dunklen Härchen nach, die von seiner Brust einen schmalen Pfad nach unten bilden, der schließlich verlockend in seinem Hosenbund verschwindet. Ich küsse seine Schulter, die kleine Grube zwischen seinen Schlüsselbeinen und mein Mund nimmt saugend, küssend und leckend, denselben Weg, den vorher meine Hände entlang gewandert sind. Dieser Mann schmeckt so unglaublich gut!

Matthews Atmung beschleunigt sich, ich spüre sein rasendes Herz, das gegen seine Brust schlägt. Ich gehe langsam vor ihm auf die Knie und als meine Lippen über seinen Sixpack wandern und schließlich bei seinem Hosenbund ankommen, stöhnt er laut auf. Ich nestel an seinem Hosenbund herum, als er mich stöhnend wieder zu sich hochzieht.

„Es ist nicht so, als hätte ich die letzten Tage nicht ständig davon geträumt, dass du so vor mir kniest …“, seine Stimme klingt heiser, „ … aber wenn du jetzt weiter machst, dann gebe ich mir selbst keine Minute mehr, bis ich vollkommen die Beherrschung verliere und komme. Und ich glaube nicht, dass du das willst!“

Er küsst mich und zieht mir dann das Kleid über den Kopf.

„Unterwäsche!“ Er schmunzelt, als seine Fingerspitzen über die cremefarbene Spitze streichen. „Das ist gut. Ich steh‘ auf schöne Unterwäsche!“

Er betrachtet meinen Körper, sein Blick ist verhangen vor Erregung.

„Du bist so schön! So wunderschön“, flüstert er mir in mein Ohr, während er sich gleichzeitig am Verschluss meines BHs zu schaffen macht. Eine Sekunde später spüre ich seine Hände, die meine nackten Brüste umschließen. Sie sind viel zu klein, um seine riesigen Pranken ganz ausfüllen zu können, aber es scheint ihn nicht zu stören, denn er gibt ein leises, erregtes Knurren von sich, als ich ihm wie von selbst meinen Oberkörper entgegen wölbe.

„Wo ist dein Schlafzimmer?“, fragt er, seine Lippen nah an meinem Ohr. Ich will gerade in die entsprechende Richtung zeigen, als ich seinen Mund an meinem Hals spüre und er sanft zubeißt. Ich schnappe nach Luft und reibe meine Scham gegen ihn, presse mich gegen sein Bein, das er zwischen die meinen gedrängt hat und stöhne laut auf.

In diesem Moment weiß ich, dass wir es nicht mehr bis ins Schlafzimmer schaffen werden. Ich ziehe ihm Hose und Boxershorts zugleich herunter und meine Hände umfassen seinen harten, großen Schwanz und Matthew beginnt zu japsen.

„Oh verdammt!“, flüstert er und beinahe im selben Moment finde ich mich schon nackt auf dem Fußboden liegend wieder, bedeckt von 100kg Muskeln. Seine Hand gleitet zwischen meine Beine und ich spüre die Vibration in seiner Brust, als er an meinem Ohr leise auflacht, weil er erkennt, wie feucht und bereit ich für ihn bin.

„Es macht mich scharf, dass ich dich so scharf mache! Dass ich derjenige bin, der dich so nass werden lässt!“

Er streichelt mich, findet meine kleine Perle, reibt sanft darüber und als er dann mit einem Finger in mich eindringt, genügt das fast, um mich kommen zulassen. In immer schneller werdendem Rhythmus bewegt er erst einen und dann einen zweiten Finger in mir, schiebt sie in mich und zieht sie wieder heraus und ich werde beinahe wahnsinnig.

„Matt …!“, meine Stimme ist kaum noch ein Keuchen, „… bitte, ich will dich. Ich brauche dich. Jetzt!“

Er greift nach seinen Shorts, die neben ihm auf dem Boden liegen und holt ein Kondom aus seiner Brieftasche. Ich beobachte fasziniert, wie er es über seinen harten Schwanz abrollt.

Er ist WIRKLICH gut ausgestattet!

Matt beugt sich wieder über mich und küsst mich, irgendwie unschlüssig.

„Du bist so eng … ich habe Angst, dir wehzutun!“

Ich drücke ihn von mir weg, um ihn auf den Rücken drehen zu können und knie mich breitbeinig über ihn. Ich umfasse seine Erektion mit der Hand, spüre den Gegensatz von samtener Haut und der Härte darunter. Voller Verlangen schiebe ich ihn die ersten Zentimeter in mich, spüre, wie er mich dehnt, dann lasse ich mich langsam auf ihn gleiten, bis ich ihn ganz in mir aufgenommen habe und er mich zur Gänze ausfüllt.

Er liegt unter mir und kneift die Augen zusammen, als würde er sich auf irgendetwas stark konzentrieren, oder als würde er Schmerzen erleiden müssen.

Als er dann endlich ganz in mir ist, öffnet er seine Augen und streicht mit seinem Daumen über meine Unterlippe.

„Sophie …“, keucht er unter mir und dann, als ich mich zu bewegen beginne. „Oh mein Gott!“ Ich bewege mich immer schneller, reibe mich an ihm, bewege mich auf und ab und lasse mich mitreißen von einem Strudel aus Lust, Verlangen und Begierde. Ich spüre die Reibung seiner harten Erektion in mir, nehme jede seiner Bewegungen so bewusst war, als würden sie in Zeitlupe ablaufen.

Ich kann einfach nicht genug von ihm bekommen, lehne mich nach hinten, damit er noch ein bisschen tiefer in mich eindringen kann und stütze mich mit den Händen auf seinen Beinen ab. Dabei wölbe ich ihm meine Brüste entgegen, die er sofort umfasst. Als er meine Brustwarzen zwischen Daumen und Zeigefinger mit sanftem Druck zu stimulieren beginnt, schreie ich auf. Obwohl ich es kaum noch für möglich gehalten hätte, verstärkt sich das Gefühl der Erregung noch weiter, breitet sich tief in mir aus und alles in mir konzentriert sich nur noch auf meine Mitte. Ich spüre, wie sich tief in mir mein Höhepunkt ankündigt und bin für einen Moment erstaunt, wie erregt ich bin und wie schnell es geht.

Die Spannung ist kaum zu ertragen und ich verändere meine Position, um die Intensität ein bisschen zu reduzieren, aber es ist zu spät. Eine heiße Welle der Lust schwappt über mich hinweg und reißt mich mit sich. Ich stütze mich auf seiner Brust ab, stammele seltsame Laute und komme lang und heftig. Als mich die letzten Wellen meines Orgasmus erreichen, dreht Matt mich um und legt sich meine Beine um seine Hüften. Er zieht sich fast ganz aus mir zurück, um sich dann wieder komplett in mir zu versenken, erst langsam, dann wird er immer schneller. Ich schreie erneut auf, erstaunt und hingerissen, als ich merke, dass meine Lust nicht nachlässt, sondern, im Gegenteil, sich gleich wieder aufbaut. Mein Innerstes beginnt erneut zu pulsieren und ich nehme Matt mit mir, als ich umgehend ein zweites Mal komme.

Einen Moment bleibt er schwer atmend auf mir liegen, sein Gewicht fühlt sich gut auf mir an, warm, fest und männlich. Dann rollt er uns herum und zieht sich aus mir zurück. Er küsst meine Stirn, während seine Hand an meiner Schulter auf und ab streicht. Eine angenehme Trägheit erfüllt mich und das Gefühl von Geborgenheit durchströmt mich. Als ich beschließe, nur für einen kurzen Moment die Augen zu schließen, um seine Nähe besser genießen zu können, fordert der Schlafmangel der letzten Nächte seinen Tribut und innerhalb weniger Augenblicke bin ich mitten auf dem Fußboden eingeschlafen.

Kapitel 12

Draußen ist es schon hell, als ich in meinem Bett wieder wach werde. Matthew liegt neben mir und ist ebenfalls wach. Er hat sich auf die Seite gedreht, seinen Kopf auf seiner Hand abgestützt und schaut mich an.

„Guten Morgen, kleine Schlafmütze!“ Das Lächeln, das er mir dabei schenkt, ist offen und warm.

Irritiert reibe ich mir einen Moment die Augen.

„Guten Morgen!“ Ich bin erstaunt, dass er noch hier ist, ich hätte erwartet, dass er nach dem Sex gleich wieder verschwindet.

„War der Sex mit mir so überwältigend, dass du ohnmächtig geworden bist, oder warst du einfach nur so müde?“ Er grinst mich an und ich merke, dass ich rot werde.

„Tut mir leid, dein Ego enttäuschen zu müssen. Ich war ziemlich müde, ich habe die letzten Nächte extrem schlecht geschlafen. Und anscheinend war ich plötzlich … sehr entspannt.“

Er drückt einen kleinen Kuss auf meine Wange..

„Ich habe einen ziemlichen Schrecken bekommen, als du plötzlich nicht mehr ansprechbar warst. Es hat eine Weile gedauert, bis ich kapiert habe, dass du nur tief und selig schläfst!“

„Tut mir leid …“, wiederhole ich. Ich bin ganz verlegen und weiß nicht, was ich sagen soll, so etwas ist mir vorher noch nie passiert.

„Macht nichts. Du hast mich damit entschädigt, dass du einfach umwerfend niedlich bist, wenn du schläfst. Und du gibst die süßesten Schnuffelgeräusche von dir, die ich je bei einem Menschen gehört habe!“ Er grinst breit und lehnt sich zufrieden in meinem Bett zurück.

Dass er es sich wieder bequem zu machen scheint, führt mich zu einem Problem. Denn ich muss dringend ins Bad, um dort einem noch dringenderen Bedürfnis nachzukommen. Dafür müsste ich aber aufstehen und den halben Raum durchqueren, um bis zur Tür zu kommen. Und das nackt, denn ich kann kein Kleidungsstück in erreichbarer Nähe entdecken.

Natürlich war ich gestern auch nackt, aber da hatten wir Sex. Und er war mit anderen Dingen beschäftigt und somit abgelenkt. Jetzt aufzustehen und ihm meinen nackten Hintern im vollen Tageslicht und in seiner vollen Größe präsentieren zu müssen, ist etwas, das ich gerne vermeiden würde.

Ich bin vielleicht nicht dick, aber mein Po und meine Oberschenkel sind durchaus als „weiblich“ zu bezeichnen. Ich habe schon mit sechzehn die ersten Anzeichen von Cellulitis gehabt und jetzt bin ich 29. Bei dem Gedanken, dass er die Beulen an meinen Hintern anstarrt und den Kratern vermutlich Namen gibt wie bei einer Mondlandschaft, bekomme ich beinahe Angstzustände. Dass Matt selbst obendrein noch viel schöner ist, als es ein Mann eigentlich sein dürfte, macht meine Komplexe auch nicht gerade geringer.

Ich denke gerade schon ernsthaft darüber nach, ob es vielleicht eine Alternative wäre, das Zimmer einfach rückwärtsgehend zu verlassen, als Matt tief seufzt.

„Ich muss wohl mal gehen, bevor Betty wach wird und merkt, dass ich die ganze Nacht weggeblieben bin. Schlaf noch ein bisschen, wenn du kannst. Ich bin in einer Stunde wieder da und bringe Brötchen mit!“ Er streicht mir mit dem Handrücken zärtlich über die Wange und steht dann auf.

Eigentlich will ich ihm gerade widersprechen, ich würde nämlich lieber alleine frühstücken, aber im Gegensatz zu meiner etwas zweifelhaften Rückansicht, ist die seine ganz sicher sehenswert. Sogar mehr als das. Und meine Widerworte sind vergessen, weil mein Gehirn voll und ganz damit beschäftigt ist, die Bilder zu verarbeiten, die sein muskulöser Rücken, sein knackiger Po und seine männlichen Beine mir bieten. Ich bin froh, dass er im Hinterkopf keine Augen hat, denn ich bin mir fast sicher, dass ich bei diesem Anblick ein kleines bisschen angefangen habe zu sabbern.

Ich warte sicherheitshalber noch, bis ich höre, dass die Haustür ins Schloss gefallen ist, ehe ich selbst aufstehe, um ins Badezimmer zu gehen.

Ich dusche lange und gründlich, wasche meine Haare, schminke mich und stecke meine Haare locker hoch, sodass mein Nacken frei bleibt, ich aber nicht zu streng aussehe.

Dann stehe ich vor meinem Kleiderschrank, unschlüssig, was genau ich anziehen soll. Was bitte trägt man, wenn ein Kerl sich nach der ersten, gemeinsamen Nacht selbst zum Frühstück eingeladen hat?

Ich ertappe mich dabei, dass ich mir meine schönste Unterwäsche heraussuche, die dunkelgraue mit der champagnerfarbenen Spitze.

Er hat gesagt, er mag Unterwäsche!

Ich frage mich für einen Moment, warum ich mir überhaupt Gedanken darüber mache, was ihm gefällt und was nicht.

Zugegeben, wir hatten Sex und der war heiß.

Aber mehr ist da schließlich nicht zwischen uns, mehr darf da nicht sein, denn er wird ohnehin bald wieder weit weg von hier in den USA sein. Es kann mir also völlig egal sein, was ihm gefällt und was nicht. Und vor allem: was ihm an mir gefällt und was nicht.

Ich sollte unbedingt zusehen, dass ich ihn ab heute wieder auf Distanz halte.

Trotzdem entscheide ich mich schließlich für ein knielanges, ärmelloses Jeanskleid, das einen schönen, runden Ausschnitt hat, der an einer Seite von ein paar aufgenähten, roten Blumen verziert wird. Das Kleid hat eine gesmokte Taille, sodass es ab da etwas weiter fällt und meinen runden Po kaschiert. Ich schlüpfe probehalber in rote Peeptoes und sehe ein bisschen wie ein 50erJahre-Pin-up-Girl aus. Während ich noch darüber nachdenke, ob mir mein Outfit gefällt, oder ob es zu übertrieben ist, klingelt

Matthew schon an der Tür. Schnell stelle ich das Grübeln ein und beeile mich, die Treppe herunter zu kommen.

Etwas verlegen öffne ich die Tür.

Er ist frisch geduscht und seine Haare sind noch feucht, in der Hand hält er eine riesige Tüte mit frischen Brötchen. Als er mich sieht, schenkt er mir sein breitestes Herzensbrecherlächeln. Er legt seine freie Hand um meine Taille und zieht mich zu sich heran, um mich zu küssen.

„Du siehst toll aus, Honey!“, flüstert er in mein Ohr und all meine Pläne, ihn auf Abstand zu halten, sind auf einmal vergessen. Ich lege meine Hand auf seine Brust, stelle mich auf Zehenspitzen und küsse ihn noch einmal.

„Du siehst auch toll aus!“ Mir fällt auf, dass dies das erste Mal ist, dass ich ihm ein Kompliment gemacht habe.

Ich gehe einen Schritt von der Tür weg, damit er hereinkommen kann und meine Hand streicht dabei über seinen festen, muskulösen Bauch. Er atmet scharf die Luft ein, dann schnappt er meine Hand und hält sie hinter meinem Rücken fest. Sein Körper drückt mich gegen die Wand und er beugt sich über mich und küsst mich mit einem unterdrückten Stöhnen. Völlig unvermittelt rauscht das Gefühl der Erregung und der sexuellen Gier mit einer solchen Macht durch meinen Körper, dass ich nicht mehr weiß, wo mir die Sinne stehen.

„Wie schaffst du es eigentlich, dass ich nur noch an Sex denken kann, wenn ich dich sehe?“ Seine Stimme klingt wie Samt und er drückt sich so gegen mich, dass ich seine Erektion spüren kann. „Du musst mich erst etwas essen lassen, Honey, sonst überlebe ich den Tag mit dir heute nicht.“ Bevor er mich wieder loslässt, küsst er meinen Mundwinkel.

Gut zu wissen, dass es ihm genau wie mir ergeht!

Dann geht er an mir vorbei in die Küche und lässt mich als ein Häufchen verwirrter, weiblicher Hormone alleine auf dem Flur zurück.

Ich atme tief durch und gehe dann mit zittrigen Knien hinter ihm her in die Küche.

„Trinkst du Tee oder Kaffee?“ Unschlüssig bewege ich mich in Richtung Kühlschrank und nehme die Milch heraus.

„Kaffee, bitte!“ Er lehnt mit überkreuzten Beinen scheinbar völlig entspannt am Küchentisch.

Ich setze Kaffee auf, nehme Geschirr aus dem Schrank und bemühe mich nach Kräften, die an den Küchentisch gelehnte Überdosis an Testosteron, die meinen Geist benebelt, zu ignorieren. Es scheint mir auch tatsächlich zu gelingen. Matt verteilt Geschirr für uns auf dem Tisch und ich nehme die Brötchentüte und fülle den Inhalt in einem Brotkorb um. Ich muss fast darüber lächeln, weil die Situation so normal und alltäglich ist, als würden wir uns bereits Jahre kennen, als wären wir ein altes, gut eingespieltes Ehepaar. Es fühlt sich ziemlich gut an. Zu gut. Schnell verdränge ich das Gefühl wieder.

Als meine Gedanken gerade wieder klar werden, steht Matt plötzlich hinter mir, schlingt seine Arme um mich und küsst meinen Hals. Ich versuche, möglichst unbeeindruckt zu wirken, auch wenn er mein Blut mit dieser kleinen Berührung bereits wieder zum Kochen gebracht hat.

Er schmiegt sich von hinten eng an mich und ich kann deutlich fühlen, dass sein bestes Stück immer noch, oder vielleicht auch schon wieder, einsatzbereit ist.

„Nimmst du eigentlich die Pille?" Um mir diese Frage zu stellen, unterbricht er die Küsse auf meinen Hals für einen Moment.

„Wie bitte?", frage ich leicht irritiert.

„Ich frage nur so … ich meine, ich lasse mich regelmäßig testen und hatte nach dem letzten Test mit niemandem mehr Sex. Außer mit dir gestern …"

Er beißt mir vorsichtig in den Hals. Als gäbe es von dort eine direkte Verbindung zu meinem Unterleib, spüre ich, wie sich dort noch mehr Hitze und Nässe breitmachen. Er beißt wieder zu, diesmal fester, ich zucke kurz zusammen, aber er lindert den leichten Schmerz umgehend mit einem sanften Kuss und dem versöhnlichen Streicheln seiner Zunge über meine gereizte Haut. Als er seine Lippen von meinem Hals nimmt, spüre ich die kühlende Luft auf meiner feuchten, hypersensiblen Haut. Seufzend lehne ich mich an ihn, aber er schiebt mich sanft wieder vor, damit er sich der anderen Seite meines Halses widmen kann. Wieder küsst er mich erst, dann folgt ein sanfter Biss. Dieses Mal weiß ich schon, was mich danach erwartet und halte die Luft an, erschauernd den sanften Schmerz erwartend, den er mir gleich zufügen wird. Als er erneut zubeißt, keuche ich auf. Seine Hände wandern zu meinen Brüsten und als er zudrückt, halte ich es nicht mehr aus.

Ich nehme ein Schokoladencroissant aus dem Brotkorb vor mir und drücke es ihm energisch in die Hand.

„Iss das!" Ich bin selbst beeindruckt davon, wie befehlsgewaltig meine Stimme klingt.

„Wie bitte?" Diesmal ist Matt derjenige, der nachfragen muss.

„Du hast gesagt, du musst erst etwas essen. Also iss das, du hast exakt 20 Sekunden." Matt beginnt zu essen und ich greife nach dem Saum meines Kleides und ziehe es mir über den Kopf. Ich stehe immer noch mit dem Rücken zu ihm und schmiege meinen Po an seine Lenden.

Er erstarrt in seiner Bewegung und legt das erst halb zu Ende gegessene Croissant auf die Seite, beugt sich zu mir vor und küsst mich.

Himmel, er schmeckt viel zu gut!

Er schmeckt nach Zahnpasta und nach Schokolade und nach purer Lust. Mit schnellen, präzisen Bewegungen öffnet er meinen BH und streift ihn von meinen Schultern. Er nimmt meine Arme hoch und legt sie sich um seinen Hals, sodass mein Rücken eng an seine Brust gedrückt ist und mein Po gegen die harte Wölbung in seiner Hose reibt.

Seine Hände wandern an meinen Armen hinab zu meinen Brüsten, seine Fingerspitzen streifen ganz zart über meine Knospen, die sich sofort zusammenziehen. Ich kann sein Lächeln an meinem Hals spüren, als er meine Reaktion auf seine Berührung bemerkt. Immer wieder streicht er ganz sanft über meine immer härter werdenden Nippel und ich hätte nie gedacht, dass eine so zarte Berührung mich so sehr erregen kann.

Als er seine Hände von mir wegnimmt, ist das Geräusch eines Reißverschlusses gefolgt vom Rascheln seiner Kleidung zu hören.

„Willst du mich, Sophie?“, raunt er in mein Ohr.

„Ja. Bitte, ja!“ Für eine Sekunde gelingt es mir, einen halbwegs klaren Gedanken zu fassen und ich finde, dass ich mich aufführe, wie ein notgeiles Kaninchen. Dann spüre ich seine Hände, die mein Höschen nach unten schieben, um mein feuchtes Zentrum zu erkunden und es ist mir egal, wie ich mich gerade verhalte. Alles, was mir plötzlich wichtig ist, ist, dass er die Leere in mir ausfüllt, dass er Sex mit mir hat. Hier und jetzt.

Matt löst meine Hände von seinem Hals und er schiebt mich nach vorne, sodass mein Oberkörper flach auf der Arbeitsplatte zum Liegen kommt. Er lässt seinen Schwanz über meine feuchte Spalte streichen, er reizt und stimuliert mich, bis ich denke, jeden Moment wahnsinnig werden zu müssen. Immer wieder gleitet die pralle Spitze seiner Erektion durch meine heiße Nässe, er drückt sie gegen meine Klitoris, bewegt sie dort vor und zurück. Ich spüre ihn an meinem empfindlichen Eingang, er schiebt sich wenige Millimeter in mich, zieht sich sofort wieder zurück, um dann wieder meine empfindliche Perle zu reizen. Er treibt dieses Spiel so lange weiter, bis ich kaum noch weiß, wo oben und wo unten ist. Mein Atem beschleunigt sich immer mehr und in mir baut sich eine immer größer werdende Spannung auf. Ich spüre seine Lippen an meinem Hals, höre seinen Atem an meinem Ohr, der genauso schnell geht, wie meiner. Und dann dringt er auf einmal mit einem einzigen Stoß in mich ein.

„Matt …", ich schreie auf, vor Lust und Erstaunen, meine Stimme klingt rau und fremd in meinen Ohren. Am Rande meines Verstandes nehme ich wieder wahr, wie groß er ist, wie stark er mich dehnt und ausfüllt, aber ich bin so erregt, dass es nicht schmerzt. Er zieht sich ein Stück aus mir zurück um sich dann, quälend langsam, wieder in mir zu versenken. Wieder und wieder. Ich bin wie von Sinnen, ich strecke ihm meinen Po entgegen und versuche, mehr von ihm zu bekommen, mehr Reibung, mehr Stimulation, mehr von seiner männlichen Härte in meinem Inneren, mehr von ihm.

„Bitte mehr. Gib mir mehr!" Ich winsle wie ein verhungernder Hund. „Bitte Matt!"

Irgendwann hat er Erbarmen mit mir und beschleunigt sein Tempo, versenkt sich mit harten, tiefen Stößen in meiner Enge. Er umfasst mit beiden Händen meine Hüften und stößt seine erregte Härte mit ungebremster Heftigkeit immer wieder in mich hinein. Ich schreie laut auf, als ich komme und auch Matt beginnt zu stöhnen und einen kurzen Moment später spüre ich, wie er sich heiß in mir ergießt.

Kapitel 13

Nachdem wir beide ein weiteres Mal geduscht haben, sind wir mit unserem Frühstück auf die Terrasse umgezogen. Ich bin wieder völlig fasziniert davon, welche Unmengen an Lebensmitteln Matt in sich hinein stopft.

„Wo lässt du das alles?“ Ich deute auf das vierte Brötchen mit Schinken in seiner Hand.

Er zuckt grinsend mit den Schultern.

„Ich bin Profisportler, schon vergessen? Und außerdem muss ich ja auch für dich bei Kräften bleiben!“ Er lächelt zufrieden. “Übrigens möchte dich Granny heute Abend zu uns zum Essen einladen …“

Ich verschlucke mich an meinem Kaffee und beginne heftig zu husten. „Kommt überhaupt nicht infrage!“ Ich reiße meine Augen vor Entsetzen weit auf.

„Du musst dir keine Sorgen machen, sie ist ganz aus dem Häuschen, dass da zwischen uns etwas läuft …“ Matt versucht mich zu beschwichtigen.

„Sie weiß es?“ Jetzt klinge ich nahezu panisch. Nichts könnte beim geplanten zukünftigen Vergessen meiner Affäre mit Matt hinderlicher sein als Betty, die mich in Zukunft wahrscheinlich wöchentlich fragen wird, wann er und ich uns denn wiedersehen.

„Sophie, sie ist doch nicht senil! Sie kann eins und eins zusammenzählen, wenn ich bei dir über den Zaun klettere, nicht zurück komme und außerdem am nächsten Tag gleich wieder bei dir frühstücke!“ Matt holt tief Luft. „Außerdem habe ich es ihr erzählt.“

„Du hast ihr was erzählt?“ Ich fange an zu japsen wie ein Fisch auf dem Trockenen.

„Ich habe ihr erzählt, dass ich dich mag. Sehr mag. Und das ich wohl in den nächsten zwei Wochen ziemlich viel Zeit mit dir verbringen werde, bevor ich zurück muss.“

„Na toll. Jetzt denkt sie, es ist etwas Ernstes und wird vermutlich nicht eher Ruhe geben, bis du mich geheiratet hast.“ Ich stecke mir genervt eine Haarsträhne hinters Ohr, die mir immer wieder ins Gesicht fällt.

„Sophie …“, der Klang von Matts Stimme lässt mich aufschrecken. Er hört sich irgendwie *verletzt* an. „Ich habe schon begriffen, dass du versuchst, dir einzureden, dass da zwischen uns nichts ist. Außer Sex. Aber ich mag dich, sehr sogar. Und ich werde dich schon noch davon überzeugen, dass du mich auch magst.“ Er sagt all das mit der Überzeugung eines Mannes, der es gewohnt ist, immer zu bekommen, was er will. Aber die Unsicherheit und die Verletzlichkeit, die ich plötzlich in seinem Blick erkennen kann, schnüren mir fast das Herz zu. „Falls es dich ein bisschen beruhigt: Sie hat Lukas auch mit eingeladen.“ Er verschränkt die Arme vor der Brust, aber ich kann sehen, wie sehr ihn meine Ablehnung getroffen hat. Ich muss heftig schlucken, bevor ich wieder etwas sagen kann.

„Es kommt trotzdem nicht infrage, dass wir heute bei Betty essen", bringe ich dann heraus, diesmal bin ich deutlich sanfter.

„Und warum nicht?" Er legt den Kopf ein bisschen schief und schaut mich an.

„Weil sie die schlechteste Köchin ist, die ich kenne. Ich habe mir geschworen, nie wieder etwas zu essen, das sie gekocht hat. Das letzte Mal war mir anschließend drei Tage lang übel!"

„Ihre Geflügelleberpastete?" Matthew lächelt mitfühlend und ich nicke, während ich mich bei dem Gedanken daran vor Ekel schütteln muss. Er fängt an zu lachen.

„Vielleicht kann ich sie ja überreden, dass wir etwas bestellen, damit sie sich nicht so lange in der Küche abplagen muss und ihren Rücken nicht unnötig belastet." Er grinst verwegen. „Mit dieser Taktik habe ich es überhaupt geschafft zu überleben, seit ich hier zu Besuch bin! Ich lasse nur zu, dass sie Kuchen oder Kekse macht, die sind gar nicht schlecht."

Ich schüttele mit dem Kopf. „Sag ihr, wir essen hier und ich koche. Und du hilfst mir!"

Matt lehnt sich mit einem zufriedenen Lächeln zurück und macht sich dann über Brötchen Nummer fünf her.

Nach unserem gemeinsamen Frühstück geht Matthew zu Betty, um dort den Rasen zu mähen, während ich einen Einkaufszettel schreibe.

Als ich zwei Stunden später zum Supermarkt fahre, kann mir kein dämlicher Jeep meinen Parkplatz wegschnappen, weil ich diesmal einfach selbst darin sitze.

Im Supermarkt nimmt Matt mir den Einkaufswagen aus der Hand, um ihn für mich zu schieben. Wann immer sich die Gelegenheit dazu bietet, nimmt er mich in den Arm, küsst mich, berührt mein Haar, meine Hand, meine Hüfte. Wir benehmen uns, wie es ein frisch verliebtes Pärchen tun würde, und ich frage mich, ob er sich bei sich zu Hause auch so ungeniert mit mir zeigen würde. Wenn er Gefahr laufen würde, dass er jemanden trifft, den er kennt.

Ich meine, ich bin vielleicht nicht hässlich, aber ich kann einschätzen, in welcher Liga ich optisch spiele. Und Matt spielt locker zwei Ligen über mir. Typen die aussehen wie er, sind mit Models, Schauspielerinnen oder Playmates zusammen und nicht mit Frauen wie mir, die einfach nur stinknormal aussehen.

Wahrscheinlich geht es ihm mit mir wie mit einer Sorte Wein, die man im Urlaub als hervorragend empfindet und wenn man dieselbe Sorte dann kauft, um sie mit nach Hause zu nehmen, ist sie dort plötzlich nichts Besonderes mehr.

Vielleicht habe ich auch seinen Jagdinstinkt geweckt, weil ich mich ihm nicht gleich an den Hals geworfen habe, so wie er es von Frauen vermutlich gewohnt ist.

Wer weiß schon genau, was in dem Kopf eines Neandertalers so vor sich geht?

Was soll's! In zwei Wochen ist er wieder weg und bis dahin werde ich den Sex mit ihm genießen und mir nicht so viele Gedanken machen!

„Was willst du denn kochen?“ Matthews Hand, die sanft über meinen Nacken streichelt, lenkt mich von der Antwort ab, die ich ihm auf die Frage geben wollte. Ich betrachte seine maskulinen Unterarme und atme seinen Geruch ein, sein frisches Aftershave, das sich mit einer Spur von Sandelholz und seinem eigenen, männlichen Duft vermischt. Mein Blick wandert weiter zu seinen Lenden, als Matthew sich plötzlich grinsend räuspert. Ich beiße mir auf die Lippe und räuspere mich ebenfalls.

„Was wolltest du wissen?“ Ich bin ein bisschen verlegen, weil meine Stimme kaum verbergen kann, wohin meine Gedanken gerade abgewandert sind.

„Ich wollte wissen, was du heute kochen möchtest!“ Er wirft einen besorgten Blick in den noch fast leeren Einkaufskorb. „Ich werde sonst nicht erfüllen können, was du dir gerade gewünscht hast. Und deine Blicke haben Bände gesprochen!“ Er verschränkt die Arme vor der Brust und seine Zungenspitze erscheint für einen kurzen Augenblick zwischen seinen Zähnen, fast so als wolle er sie mir herausstrecken.

„Du kannst doch unmöglich schon wieder Hunger haben!“

„Ich habe immer Hunger!“ Er zieht mich zu sich heran. “Vor allem auf dich“, flüstert er in mein Ohr, seine Stimme klingt wie ein Versprechen.

Statt einer Antwort drücke ich ihm den Einkaufszettel in die Hand.

„Hier!“ Ich gebe ihm einen schnellen Kuss. „Dann kannst du sichergehen, dass wir alles kaufen, was wir brauchen.“

Er lächelt und macht sich auf den Weg zur Fleischtheke, um sich brav für Kalbschnitzel anzustellen.

Matt schiebt mit wachsender Begeisterung den Einkaufswagen in den Laden und häuft die Lebensmittel, die auf meiner Liste stehen hinein. Er wird dabei richtig überschwänglich, wie ein kleiner Junge, der für seinen Kindergeburtstag Süßigkeiten einkaufen darf.

„Wie schön, dass man dich mit so einfachen Dingen erfreuen kann!“ Ich muss über seine enthusiastische Art lachen.

Er zuckt gelassen mit den Schultern. „Genug zu essen und eine schöne, willige Frau wie dich, und ich bin ganz und gar zufrieden gestellt. Ich bin eben von eher schlichtem Gemüt.“ Er gibt mir einen Kuss auf die Nase und seine Augen funkeln übermütig.

Ich lache und packe Kirschtomaten und Salbei ein.

Zu Hause bereiten wir einen leichten Salat als Vorspeise zu, dann soll es sommerliche Spaghetti mit Rucola und Garnelen geben, zum Hauptgang Saltimbocca und als Nachspeise, ganz simpel, Erdbeeren mit Schlagsahne.

Matthew sieht mich zwar an, als wäre ich größenwahnsinnig, als ich ihm die Menüfolge erkläre, aber wir schaffen alles locker ohne Stress, bis Betty und Lukas zum Abendessen erscheinen.

Matt will mir beim Auftragen des ersten Ganges helfen, aber Lukas ist schneller und geht mit mir in die Küche. Ich seufze innerlich, da ich schon ahne, dass jetzt ein vertrauliches Gespräch unter vier Augen folgen wird.

„Na, Schwesterchen, du hast wohl doch deine Leidenschaft für hübsche Neandertaler entdeckt?“ Lukas grinst.

Ich zucke mit den Schultern und versuche möglichst gleichgültig zu wirken.

„Du weißt doch, dass man gegen Minderheiten keine Vorurteile haben sollte, ich habe mich einfach nur doch noch meiner guten Erziehung besonnen …“

Lukas grinst noch immer und kann anscheinend gar nicht mehr damit aufhören.

„Du vögelst ihn also nur deshalb, weil du deine charitative Ader entdeckt hast? Ich schlage dich für das Bundesverdienstkreuz vor, gleich heute!“ Er boxt mir sanft auf den Oberarm und ich grinse jetzt auch.

„Deshalb und weil er so furchtbar gut aussieht!“

Mit einem breiten Lächeln richtet mein Bruder Salat auf den Tellern an und garniert ihn mit Erdbeeren.

„Du bist dir aber schon darüber im Klaren, dass der Typ total in dich verschossen ist?“

„Na klar, Lukas, sind sie das nicht alle? Er hat bestimmt sein Leben lang nur auf mich gewartet, weil es in den USA keine Frauen gibt!“

„Bestimmt keine wie dich!“ Er küsst mir auf die Wange. „Und ein Blinder könnte sehen, dass er in dich verliebt ist. Glaub es mir, oder lass es bleiben, es ändert nichts an den Tatsachen!“

„Wie auch immer, in zwei Wochen ist er wieder weg und dann wird er sich schnell mit einer anderen trösten!“

„Sophie, du weißt schon, dass nicht *alle* Männer Schweine sind?“ Lukas reibt über die Bartstoppeln an seinem Kinn.

„*Alle* Männer vielleicht nicht, nein. Aber *du* würdest es beispielsweise so handhaben …“

Sein Lächeln wirkt nahezu flegelhaft. „*Ich* würde damit nicht einmal unbedingt warten, bis ich wieder zu Hause wäre. Aber das tut in diesem Fall ja nichts zur Sache!“ Er schmeißt eine letzte halbierte Erdbeere auf einen der Teller. „Übrigens solltest du keine Schweinevergleiche machen, wir haben dieselben Eltern. Und wenn ich ein Schwein bin, dann musst du zwangsläufig auch eins sein!“ Grunzend schnappt er sich zwei Teller und trägt sie aus der Küche und ich gehe lachend hinter ihm her auf die Terrasse, wo Betty und Matt schon sitzen und auf uns warten.

Wider Erwarten ist der Abend locker und entspannt. Matt sitzt neben mir, und als er nach dem Essen auf dem Tisch seine Hand auf meine legt und dort wie selbstverständlich liegen lässt, fühlt sich das irgendwie schön und richtig an.

Während seine Hand so da liegt, warm und fest auf meiner, gibt etwas in mir nach. Es ist so, als wäre durch diese simple Berührung unserer Hände etwas in mir geschmolzen. Als hätte diese einfache Geste meine innerlichen Schutzmauern plötzlich untergraben und meinen Widerstand zum Erliegen gebracht.

Kapitulierend seufze ich auf und lehne mich bequem auf meinem Stuhl zurück.

So schlimm ist es ja gar nicht. In zwei Wochen ist er wieder verschwunden, keine große Gefahr. Alles im grünen Bereich!

Ich trinke einen großen Schluck Wein und lächele. Ich lächele sogar, als Matthew Betty und Lukas zur Tür bringt und dann einfach bei mir bleibt, als wäre es das Natürlichste auf der Welt. Und als er mich dann schweigend in mein Schlafzimmer bringt und mich auszieht und es mit mir treibt, als gäbe es kein Morgen mehr, da stöhne ich, statt zu lächeln.

Als er mich danach in seine Arme zieht, lasse ich mir das gefallen und kuschele mich sogar an ihn.

Ich schlafe die ganze Nacht durch. Entspannt, tief und traumlos.

Kapitel 14

Am nächsten Morgen wache ich sehr früh auf, aber der Platz neben mir im Bett ist schon leer.

Dafür duftet es bis in mein Schlafzimmer nach frisch aufgebrühtem Kaffee.

Im Bad beeile ich mich, meine Morgentoilette hinter mich zu bringen und mache mich dann auf den schnellsten Weg in meine Küche.

Dort sitzt Matt und schaut konzentriert auf seinen Laptop, der aufgeklappt vor ihm steht.

„Guten Morgen!“, murmele ich noch etwas verschlafen.

„Guten Morgen, Sonnenschein!“ Er schaut vom Bildschirm hoch und strahlt mich an.

Wie kann man nur um diese Uhrzeit schon so gut gelaunt sein? Und dazu noch so gut aussehen?

Ich gieße mir eine dreiviertel Tasse heißen Kaffees ein und fülle den Rest mit Milch auf, anschließend setze ich mich zu ihm an den Küchentisch.

Er klickt mehrfach konzentriert auf der Tastatur herum und liest sich irgendetwas durch.

„Amsterdam oder Wien?“, fragt er mich dann plötzlich.

„Hmmm?“, mein Gehirn ist noch nicht lange genug wach und hat noch nicht genug Kaffee bekommen.

„Ich plane meinen restlichen Urlaub. Und so gerne ich auch bei Betty bin, will ich doch auch noch ein bisschen etwas anderes sehen. Also! Wo möchtest du lieber hin: Amsterdam oder Wien?“

Einen kurzen Moment lang schaue ich ihn entgeistert an.

„Ich dachte, du planst *deinen* Urlaub, was hat das also mit *meinen* Wünschen zu tun?“ Ich trinke noch einen Schluck Kaffee.

„Du glaubst doch wohl nicht, dass ich solange ich hier bin, irgendwo hinfahre, ohne dich mitzunehmen?“

Doch, genau das habe ich geglaubt.

„Ich weiß gar nicht, ob ich Zeit habe!“, antworte ich ausweichend und klinge ein bisschen, wie eine beleidigte Vierjährige. Irgendwie ärgere ich mich darüber, dass er nicht einmal darüber nachgedacht hat, dass ich vielleicht keine Lust oder keine Zeit haben könnte, irgendwelchen Tourie-Quatsch mit ihm zu unternehmen. Ich kann Großstädte ohnehin nicht ausstehen.

Vielleicht ärgere ich mich aber auch nur über die Angst, die sich im hintersten Winkel meines Hirns festsetzt. Angst davor, zu viele Erinnerungen mit ihm zu schaffen, die dazu führen könnten, dass es mir vielleicht doch nicht ganz so gleichgültig sein wird, wenn er in zwei Wochen wieder nach Hause fliegt.

Matt tippt in aller Ruhe weiter auf seinem Laptop herum.

„Gnädigste, falls Sie Zeit hätten, würden Sie mir eventuell die Ehre erweisen mich auf einen Kurztrip in eine europäische Stadt Ihrer Wahl zu begleiten?“ Er schenkt mir ein umwerfendes Lächeln über den Bildschirm hinweg.

Wenn er nicht so von sich überzeugt wäre, könnte ich fast schwach werden.

Und ich werde schwach, trotz seines gigantischen Egos. Meine Standhaftigkeit hat exakt elf Sekunden gedauert.

„Amsterdam!“, nuschele ich tonlos, er soll bloß nicht denken, ich würde mich darüber sonderlich freuen. „Und weil ich Großstädte nicht ausstehen kann, will ich da nicht mehr als eine Übernachtung haben. Wir können aber gerne noch zwei Tage irgendwo an der Küste dranhängen!“

Wenn wir schon Tourie-Quatsch machen müssen, dann will ich wenigstens auch ein bisschen Entspannung dabei haben.

„Wird erledigt wie gewünscht, M’am!“, er tippt sich mit zwei Fingern lässig an die Stirn und widmet sich dann wieder seinem Laptop.

Statt einer Antwort gebe ich ein Geräusch von mir, das halb Knurren, halb Seufzen ist und rühre kurz entschlossen noch einen Teelöffel voll Zucker in meinen Kaffee, soviel gute Laune zu so früher Stunde ertrage ich nur mit etwas Süßem. Als könne Matthew meine Gedanken lesen, greift er in die Tüte mit Brötchen, die auf dem Tisch liegt und reicht mir ein Rosinenbrötchen.

„Ich glaube, du brauchst dringend ein paar Kalorien, damit du bessere Laune bekommst!“ Er zwinkert mir zu und ich reiße ihm das Brötchen aus der Hand und esse es schweigend. Tatsächlich geht es mir danach besser.

„Wann willst du denn nach Amsterdam?“ Ich gieße Kaffee nach und mittlerweile ist meine Laune gut genug, um festzustellen, dass Matt schon wieder atemberaubend aussieht, obwohl er nur eine Jeans und ein schlichtes T-Shirt trägt. Seine langen Beine hat er ausgestreckt und er ist barfuß.

Matt wirft einen Blick auf seine Armbanduhr.

„Schaffst du es in einer halben Stunde für vier Tage zu packen?“

Ich nicke.

„Dann fahren wir in einer halben Stunde! Ich gehe schnell rüber und sage Betty Bescheid. Und packe auch!“ Er steht auf und drückt mir im Vorbeigehen einen Kuss auf den Scheitel. Als er schon halb zur Tür raus ist, überlegt er es sich noch einmal anders, dreht sich um und kommt zurück. Er beugt sich über mich und küsst mich, diesmal richtig. Solange, bis mir die Knie weich werden.

„Hmm, ich mag Rosinenbrötchen!“, murmelt er, als er fertig damit ist mich zu küssen. Dann verschwindet er, um zu packen.

Exakt eine halbe Stunde später gehe ich zu seinem Auto und er ist gerade dabei, einen riesen Korb mit Proviant auf der Rückbank zu verstauen.

„Hat Betty Angst, dass wir während der vierstündigen Fahrt verhungern könnten?“ Ich deute auf den Korb.

Matt zuckt lachend mit den Schultern. „Du weißt doch, wie sie ist! Aber es sind vor allem Sandwiches und ohne selbst gemachte Pasteten. Kann man alles bedenkenlos essen."

Ich lache und Matt kommt zu mir, um mir meine Tasche aus der Hand zu nehmen und sie in den Kofferraum zu packen. Dann hält er mir die Autoschlüssel hin.

„Willst du fahren?", er bewegt den Schlüssel vor meinem Gesicht hin und her.

„Nein!" Ich fahre nicht gerne Auto. „Aber danke, dass du fragst."

Matt lächelt. „Es wird dich vielleicht erstaunen, aber ich bin nicht der unzivilisierte Unmensch, für den du mich hältst!" Er steigt ins Auto und ich beeile mich, auch einzusteigen.

„Für einen unzivilisierten Unmenschen habe ich dich noch nie gehalten", ich schaue ihn von der Seite an, „… zumindest nicht in dem Wortlaut", füge ich dann ein bisschen kleinlaut hinzu und lege mir den Sicherheitsgurt um.

„Ach so? Wie lautete denn der genaue Wortlaut bei dir?" Matts Augen funkeln schelmisch.

„Der schwankt zwischen *eingebildeter Vollidiot* und *gut aussehender Neandertaler*!" Das ist mir gerade peinlich und ich merke, dass ich rot anlaufe.

Matthew scheint es allerdings nichts auszumachen, er ist sichtlich amüsiert.

„Du findest mich also gut aussehend?", er grinst, während er sich ebenfalls anschnallt und dann den Wagen startet.

Ich zucke mit den Schultern und grinse zurück „Zumindest für einen Neandertaler …“

Er lacht erst leise und seufzt dann.

„Sophie, du bist wirklich ein harter Brocken. Liegt es eigentlich an mir, oder lässt du dich auf Männer im Allgemeinen ungern tiefer ein?“ Er ist abrupt ganz ernst.

Ich hatte mit dieser Frage nicht gerechnet und mein Herz beginnt jäh unangenehm schnell zu schlagen. Ich verschränke die Arme vor der Brust und überlege, was ich ihm darauf antworten soll. Ob ich ihm überhaupt etwas antworten soll.

Der Typ ist schließlich nur eine Art Urlaubsaffäre. Verdamm! Mein Seelenleben geht ihn gar nichts an.

Ich drehe mich zu ihm und hole tief Luft, um ihm irgendeine schnippische Antwort zu verpassen. Aber als ich ihn ansehe, ist da etwas in seinem Gesichtsausdruck, das mich wieder ausatmen lässt und mich irgendwie berührt. Er sieht ernsthaft verunsichert aus und ein bisschen verletzt, so, als würde ihn meine Zurückhaltung tatsächlich treffen.

Ich räuspere mich verlegen.

„Es liegt nicht an dir. Ich habe … vielleicht nicht so gute Erfahrungen gemacht. Und es fällt mir schwer, jemandem zu vertrauen.“

Matt nickt und fährt auf die Autobahn, es ist noch früh am Tag, die Ferien sind seit dem Wochenende zu Ende und es ist kaum etwas los.

„Wir haben vier Stunden Zeit. Erzähl es mir. Ich würde dich so gerne ein bisschen besser verstehen können."

Ich weiß nicht, ob es der plötzliche Sanftmut in seiner Stimme, oder die Kränkung, die ich vorher in seinem Gesicht gesehen habe ist. Vielleicht liegt es auch daran, dass ich nicht weiß, was ich gerade sonst sagen soll, aber bevor ich richtig weiß, was ich da mache, habe ich angefangen, zu erzählen.

„Dass Lukas' und meine Mutter im Prinzip während unser ganzen Kindheit krank gewesen ist, hat Betty dir ja bestimmt erzählt. Und sicher hat sie auch erwähnt, dass unser Vater kaum etwas mit uns zu tun haben wollte. Das war alles nicht immer ganz einfach für mich. Ich musste früh viel Verantwortung übernehmen. Verantwortung für mich, meinen Bruder, meine Mutter. Das war alles immer selbstverständlich. Ich bin verantwortungsvoll gewesen, vernünftig und weniger wie ein Kind. In der Schule habe ich immer eher zu Außenseitern gehört. Und selbst da gehörte ich nicht wirklich dazu.

Es war nicht so, als wären die anderen gemein zu mir gewesen oder so etwas, es war eher ein bisschen so, als würde ich gar nicht existieren.

Als ich sechzehn war, habe ich Tim kennengelernt. Er war schon zwanzig und ich war total verliebt in ihn. Er hatte ein Auto, coole Freunde, war ständig auf Partys eingeladen. Ich war total verknallt in ihn. Mit all der blinden Hingabe, zu der man nur als Teenager fähig ist.

Ein paar Monate ging es gut. Er war von Anfang an sehr bestimmend, hat sich in alles eingemischt, hat darüber bestimmt, was ich anziehe, wie ich meine Haare trage, mit welchen meiner Freundinnen ich mich treffe …“

Ich mache einen Moment Pause und schaue aus dem Fenster, schaue auf die anderen Autos und auf die Landschaft, die an uns vorbei zu fliegen scheint. Ich weiß immer noch nicht richtig, warum ich ihm das alles erzähle. Aber jetzt habe ich einmal damit angefangen, jetzt kann ich auch weiter machen.

„Im Nachhinein betrachtet hat er auf eine Art und Weise über mich bestimmt, die nie haltbar gewesen ist. Aber ich war verliebt und jung und ich habe es genossen, mal nicht verantwortlich zu sein, nicht selbst über mich bestimmen zu *müssen*, wenn du so willst. Ich musste endlich einfach mal keine Verantwortung tragen. Und es gab ja auch niemanden, mit dem ich wirklich hätte darüber reden können, meine Mutter hatte genug eigene Sorgen und Lukas war zu jung. Ich hatte keine Eltern, die so etwas wie eine normale Beziehung geführt haben und die ich für meine eigene als Vorbild hätte nehmen können. Irgendwie fand ich es also normal, so wie es war.

Dann bekam Tim Geldprobleme, er hatte Wettschulden und einen aufwendigen Lebensstil. Und er fand wohl, dass ich mithelfen könnte, seine Schulden zu beseitigen. Der Rest ist so sehr schlimmstes Klischee, dass ich es eigentlich kaum erzählen mag. Es hat damit angefangen, dass ich bei seinen Freunden für Geld, das er bekommen hat, geputzt und aufgeräumt habe. Und geendet hat es damit, dass versucht hat, mich für Geld an einen Freund von ihm ... weiterzureichen.“

Ich mache wieder eine Pause und versuche, in Matts Gesicht zu schauen und eine Reaktion zu erkennen, doch er schaut nur geradeaus auf die Straße.

„Ich habe mich geweigert. Irgendwo muss ich wohl ein letztes bisschen Selbstwertgefühl gefunden haben. Daraufhin hat er mir ein blaues Auge geschlagen und mich vor die Tür gesetzt."

Ich lache und kann selbst die Bitterkeit hören, die es auch nach Jahren noch in mir auslöst.

„Zu Hause habe ich erzählt, ich sei hingefallen. Tim habe ich nie wieder gesehen. Das Geld das er für mich bekommen hat, als er versucht hat mich zu verkaufen, habe ich ihm gestohlen. Wenigstens das.

Die beiden Typen, mit denen ich danach zusammen gewesen bin, waren vergleichsweise harmlos. Der eine hatte noch zwei andere Freundinnen zur selben Zeit und der Letzte hat uns beim Sex gefilmt und die Aufnahmen seinen Freunden gezeigt. Zum Glück war das vor der Zeit der digitalen Aufnahmen und ich habe das Band in die Finger bekommen und vernichtet."

Ich streiche mir eine verirrte Haarsträhne aus der Stirn und zucke mit den Schultern.

„Danach habe ich beschlossen, keine festen Beziehungen mehr einzugehen. Und ich halte mich daran."

Matt schaut eine ganze Weile nachdenklich auf die Straße und sagt kein Wort. Ich ärgere mich darüber, dass ich ihm das alles erzählt habe. Eigentlich geht es ihn ja gar nichts an. Und normalerweise erzähle ich solche Dinge niemandem. Nur mein

Bruder weiß über meine missglückten Männergeschichten Bescheid. Ich fühle mich plötzlich müde und erschlagen, so als hätte ich einen furchtbar anstrengenden Tag gehabt.

Matt sagt immer noch nichts. Nach einer Weile legt er stumm seine Hand auf mein Bein und lässt sie dort liegen, nimmt sie nur weg, wenn er schalten muss.

Ich mache erschöpft die Augen zu und das sonore Brummen und das leichte Schaukeln des fahrenden Autos sorgen dafür, dass ich einschlafe. Als ich wieder wach werde, liegt seine Hand immer noch auf meinem Bein, warm und fest.

Kapitel 15

„Hast du gut geschlafen, mein Mädchen?“ Matts Stimme ist weich und tief.

Mir meine noch müden Augen reibend nicke ich.

„Wir sind ja schon fast da!“ Mir war nicht bewusst, dass ich so lange geschlafen habe. Wenn er bei mir ist, scheinen meine Schlafstörungen sich in Luft aufzulösen und ich schlafe wie ein Baby.

Ich blinzele ein paar Mal und schaue aus dem Fenster, wir sind irgendwo mehr oder weniger in der Stadtmitte und Matt sucht nach unserem Hotel. Ein Blick auf die Uhr zeigt mir, dass es gerade erst Mittag ist. Da wir so früh aufgestanden sind und die Autobahn anscheinend frei war, haben wir jetzt noch über einen halben Tag in der unbekannten Stadt vor uns.

Eine halbe Stunde später haben wir eingecheckt. Das Hotel ist zauberhaft. Es kombiniert Altmodisches und Antikes mit modernen Elementen. Ein Zimmer hier ist bestimmt nicht gerade billig und ich komme mir mit meinen von der Fahrt zerknautschten Klamotten, meinem schlichten Pferdeschwanz und meinem sich auflösenden Make-up ein bisschen fehl am Platze vor.

Matthew hingegen strahlt eine Ruhe und ein Selbstbewusstsein aus, als hätte er sein halbes Leben in teuren Hotels verbracht. Er lächelt amüsiert, als ich im Fahrstuhl stehe und verwirrt nach dem Bedienelement suche, um den Knopf für die richtige Etage zu finden.

Er lässt mich weitersuchen, bis sich die Türen schließen und der Fahrstuhl sich in Bewegung setzt.

„Er erkennt unsere Etage durch die Schlüsselkarte!“ Er hält sie grinsend in der Hand und ich schnaube empört.

„Und du lässt mich hier suchen wie eine arme Irre?“

Matt lächelt breit.

„Du bist einfach so niedlich, wenn du verwirrt bist, ich konnte es mir doch nicht entgehen lassen, die Show noch ein bisschen weiter zu genießen!“ Er gibt mir einen Kuss auf die Nasenspitze und mein Unmut ist sofort wieder verflogen.

„Du scheinst dich in Hotels ja gut auszukennen!“

Sein Gesichtsausdruck wird leicht wehmütig, bevor er mir antwortet.

„Während der Saison bin ich öfter in Hotels, als mir lieb ist. Für jedes Auswärtsspiel werden wir mindestens eine Nacht in Hotels einquartiert, manchmal auch mehr.“ Er zuckt mit den Schultern und der wehmütige Ausdruck verschwindet genauso schnell wieder, wie er gekommen ist.

„Aber mit dir zusammen ist es bestimmt schöner, als alleine. Und ich spare mir das Geld für den Pornokanal!“ Er beugt sich zu mir um mich zu küssen und ich muss lachen.

Leider dauert unser Kuss nicht sehr lange an, denn wenige Sekunden später hält der Fahrstuhl auf der richtigen Etage an und wir suchen unser Zimmer auf dem kurzen Flur.

Das Zimmer ist genauso schön und individuell wie der Rest des Hotels, den ich bisher zu Gesicht bekommen habe. Antikes fügt sich mit extrem modernen Elementen zu einem gekonnten Gesamtbild zusammen. Blau bemaltes Delfter Porzellan hängt an der Wand, gleich daneben führt eine Wendeltreppe nach oben in den Schlafbereich und eine Wand aus Milchglas mit Edelstahlelementen trennt den Wohn- vom Eingangsbereich. Für einen Moment verharre ich staunend.

„Gefällt es dir?“ Matt steht hinter mir, ich drehe mich zu ihm um und kann sein warmes Lächeln sehen, das er mir schenkt. Wie von selbst schlingen sich meine Arme um seinen Hals und ich küsse ihn sanft.

„Es ist wirklich toll!“, ich küsse ihn noch einmal, diesmal deutlich leidenschaftlicher.

Für einen Moment lässt er mich gewähren, doch als ich mich näher an ihn dränge, spüre ich sein Lachen an meinen Lippen und er macht sich los.

„Glaube mir, ein paar Teile von mir hätten gerade gar nichts dagegen einzuwenden, den ganzen Tag mit dir in diesem Zimmer zu verbringen und jegliche waagerechte Fläche auszutesten. Aber du hast mir nur einen einzigen Tag hier genehmigt …“, um seine Worte zu unterstreichen, hebt er einen einzelnen Finger in die Luft, „ … und ich muss ein paar Eindrücke für meine Familie sammeln, von denen ich etwas erzählen kann, wenn ich zurück bin. Und im

Moment …“, er küsst mich, aber nur ganz kurz, „ … ist das einzige Erzählenswerte deine entzückende, nasse, enge Pussy! Und davon zu erzählen würde beim Abendessen mit meiner Familie bestimmt für einige … nennen wir es mal Unruhe sorgen!“ Er lächelt mich breit an und sein Grinsen wird gleich noch ein bisschen breiter, als er merkt, dass ich rot geworden bin. Zum Glück kann er nicht sehen, dass sich auch an anderen Stellen meines Körpers eine Reaktion gezeigt hat.

„Ich gehe mich dann mal schnell frisch machen. Nichts läge mir ferner, als deine Familie um deine Urlaubsberichte zu bringen!“ Schnell verschwinde ich in Richtung Bad.

Eilig frische ich mein Make-up auf und tausche dann noch die Jeans und das Top, die ich für die Fahrt gewählt hatte, gegen ein leichtes Sommerkleid mit Blümchen und ein paar Ballerinas. Normalerweise trage ich lieber Schuhe mit hohen Absätzen, aber für eine Sightseeingtour durch Amsterdam siegt selbst bei mir die Vernunft und ich entscheide mich für die bequemere Variante.

Als ich zurück zu Matt gehe, sehe ich, dass er irgendwelche Zettel in der Hand hält.

„Hast du schon geplant, was wir uns alles ansehen?“ Ich mache eine Kopfbewegung in Richtung der Zettel.

„Natürlich habe ich das! Ich will ja schließlich nicht, dass wir im totalen Chaos versinken.“ Er wirft mir mit einem Augenzwinkern einen Blick zu, den ich nicht deuten kann.

Was soll das denn heißen?

Weil ich mir nicht ganz sicher bin, ob er damit wirklich behaupten will, dass es mir an Organisationstalent mangelt oder nicht, und weil ich mich tatsächlich kein kleines bisschen auf diese Reise vorbereitet habe (allerdings hatte ich ja auch keine Zeit), halte ich lieber den Mund. Manchmal kann ich ja auch ganz brav sein und so tun, als ob ich nicht ständig Widerworte würde geben müssen.

Kapitel 16

Matts Organisationstalent ist in der Tat nicht zu verachten. Er hat auf einem Stadtplan eine Route festgelegt, auf der wir alle wichtigen Sehenswürdigkeiten staunend betrachten können und dabei immer nur die kürzest mögliche Strecke gehen müssen.

Ich bin froh, dass er in diesem Fall die Führung übernimmt, denn mein Orientierungssinn ist so unterentwickelt, dass ich es sogar fertigbringen würde, mich in einer Telefonzelle zu verlaufen.

Amsterdam fasziniert und schockiert mich. Es ist eine Stadt voller Gegensätze, ähnlich unseres Hotels liegen auch hier Alt und Neu dicht nebeneinander, Tradition und Moderne wechseln sich in einer so rasanten Geschwindigkeit ab, dass einem beinahe die Sinne schwinden.

Wir betrachten staunend ganz seriöse Museen und keine zehn Meter weiter käufliche Frauen im Schaufenster, bewundern historische Gebäude neben Coffeeshops. Das Publikum hier reicht vom seriösen Geschäftsmann bis hin zum Junkie. Was für eine Mischung! Der süßliche Geruch von Marihuana vermischt sich mit dem Essensgeruch aus zahlreichen Restaurants, dem Duft handgeschöpfter, parfümierter Seife aus einem kleinen Laden und dem Geruch von zu vielen Menschen. Aus einem geöffneten Fenster dringt klassische Musik, die ein paar Meter weiter durch die rhythmischen, karibischen Klänge einiger Straßenmusiker abgelöst wird. Amsterdam ist laut, schrill, erhaben, heruntergekommen, abstoßend und anziehend zugleich.

Ein Mann läuft hinter uns her und will uns irgendetwas verkaufen, er hat einen so starken Akzent, dass wir ihn erst gar nicht verstehen. Erst nachdem er es ein paar Mal wiederholt hat, wird mir klar, das sein mit rollendem „R“ ausgesprochenes „Kokkain? Kokkain? Herreihn? Herreihn?“ wohl den Versuch darstellen soll, uns Drogen zu verkaufen.

Es schockiert mich ein bisschen, dass jemand von mir denkt, dass ich Kokain oder gar Heroin kaufen könnte. Sehe ich wirklich so fertig aus?

Ich beruhige mich erst wieder, als ich feststelle, dass der Typ der spießig aussehenden Mutti hinter uns auch versucht Drogen anzudrehen. Matt sieht sich ebenfalls um und grinst, als er es bemerkt.

„Ob der Typ wohl je Erfolg hat? Ich glaube, er wendet sich deutlich an die falsche Zielgruppe!“ Matt ist ein paar Meter weiter stehen geblieben und betrachtet das Geschehen mit hochgezogenen Augenbrauen.

„Wenn ich mir seine heruntergekommenen Klamotten anschaue … viel Erfolg kann er nicht haben. Vielleicht ist er aber auch einfach nur ein Schauspieler, der vom Tourismusverantwortlichen engagiert wurde, um den Touris auch ja das Gefühl eines authentischen Amsterdam-Erlebnisses als Urlaubserinnerung mit auf den Weg zu geben!“ Wir lachen beide und gehen weiter, aber wenn ich genauer darüber nachdenke, ist es furchtbar, dass es Menschen gibt, die sich gezwungen sehen, völlig heruntergekommen auf offener Straße Drogen zu verkaufen. Und dass es Menschen gibt, die eben diese Drogen kaufen.

Ich schlinge meinen Arm um Matt und er drückt mich eng an sich, als wir unsere Tour fortsetzten und ich bin einen Moment von einer tiefen Dankbarkeit erfüllt, als mir klar wird, dass ich trotz all meiner Probleme dennoch auf der Sonnenseite des Lebens sein darf.

Ein paar Straßen weiter bleibe ich stehen und bewundere einen Druck von Rembrandts „Nachtwache" im Schaufenster eines kleinen Souvenirladens. Ich muss Matt unbedingt fragen, ob ein Besuch des legendären Rijksmuseums auch auf seiner Liste steht. Ich will mich gerade umdrehen, um hinter Matt herzugehen, als ich ein paar Hände auf meinen Hüften und einen männlichen Körper an meinem Rücken spüre. Im ersten Moment denke ich, es ist Matt, aber bereits einen Atemzug später wird mir klar, dass er es nicht ist.

„Hey Baby, do you want to marry me?" lallt eine Stimme hinter mir, der Aussprache nach muss es ein bekiffter Brite sein. Ich komme gar nicht mehr dazu, irgendetwas zu erwidern, denn im selben Moment steht Matt bereits neben mir und reißt den Typen sofort zur Seite. Er packt ihn am Kragen und gibt ein wütendes, knurrendes Geräusch von sich, das sich wirklich so sehr nach meiner Vorstellung eines Neandertalers anhört, dass ich meinen Schreck fast vergesse und anfangen muss zu lachen.

Mein strahlender Held!

Halb amüsiert, halb besorgt beobachte ich die Situation.

„Take your fucking hands off!“ Matt schreit fast. “No fooling around with *my* girl!” er schüttelt den Typen und sein vermeintlicher Gegner hängt wie eine schlaffe Puppe in Matts festem Griff.

“Cool down, man!”, der bekiffte Brite sieht verwirrt aus, mit so einem wütenden Haufen von Muskeln und Testosteron hatte er wohl nicht gerechnet. Ich schaue mir die Situation noch einen kurzen Augenblick lang an, dann lege ich Matt sanft die Hand auf dem Arm.

„Lass ihn los, er ist doch völlig breit und es ist nichts passiert!“

Widerwillig lässt Matt den Typen los und ich ziehe ihn weiter. Er schnaubt immer noch vor Wut und vorhin hätte ich einen Moment lang schwören können, dass er Schaum vor dem Mund hatte.

„Ich bin also ‚dein Mädchen‘, Matt“?“, frage ich lächelnd, als wir aus der Gefahrenzone sind.

Abrupt bleibt Matt stehen, zieht mich in seine Arme und küsst mich innig, mitten auf der Straße. Die Menschen um uns herum müssen uns ausweichen, ein paar lachen und ein paar schimpfen.

„Und wie du das bist. Du bist mein Mädchen!“ Sein Lächeln ist so sanft, dass mir die Knie weich werden.

„Das ist gut zu wissen. Und ich danke dir fürs Retten, mein edler Ritter!“ Natürlich wäre ich auch prima alleine zurecht gekommen. Und immerhin habe ich den ersten Heiratsantrag meines Lebens bekommen. Den Punkt auf meiner Liste der Dinge, die eine Frau in ihrem Leben erlebt haben sollte, kann ich also schon mal abhaken. Aber es ist doch ein schönes Gefühl, wenn sich jemand für einen einsetzt und einem zur Seite steht.

„Immer wieder gern!" Matt gibt mir noch einen kurzen, zarten Kuss, ehe wir den Gehweg wieder passierbar machen.

Wir ziehen eng umschlungen weiter durch die faszinierende, abwechslungsreiche Fülle Amsterdams, Matt studiert die Karte und liest mir Wissenswertes über die einzelnen Sehenswürdigkeiten aus dem Reiseführer vor. Irgendwann tun mir - trotz meiner bequemen Schuhe - die Füße weh und ich habe Hunger.

Mittlerweile ist es bereits später Nachmittag. Matt bleibt mit mir an einer der vielen Grachten stehen und schaut auf die Uhr.

„Ich habe noch eine Überraschung für dich!" Matt deutet auf ein kleines Schiff, das gerade an der Anlegestelle neben uns hält.

Es ist eins dieser flachen Boote, auf denen sonst zig Touristen sitzen, nur dass ‚unseres' ein bisschen kleiner ist. An beiden Seiten des Bootes sind je vier Bänke verteilt, von denen wiederum je zwei einander zugewandt sind und von einem Tisch getrennt werden. Auf dem Boot wäre vielleicht Platz für zwanzig Personen, aber wir sind ganz alleine.

Der Bootsführer wechselt ein paar Worte mit Matt und verwendet dabei die abenteuerlichste Mischung aus Englisch, Niederländisch und Deutsch, die ich je gehört habe.

Wir gehen schließlich an Board und setzten uns an den einzigen Platz, an dem der Tisch mit einer weißen Tischdecke gedeckt ist. Außerdem stehen da Weingläser und eine Flasche Weißwein, Mineralwasser, Baguette und jede Menge vermutlich holländischer Käse.

Der Bootsführer lässt den Motor an und gemütlich tuckern wir durch die Grachten.

Matt sitzt mir gegenüber, er gießt mir Wein und Wasser ein und strahlt mich an.

„Wann bitte hast du das denn organisiert?“ Ich streife mir meine Schuhe von den müden Füßen, strecke meine Beine aus und lege meine Füße neben Matt auf die Bank.

Er grinst und zieht meine Füße auf seinen Schoß.

„Während du gepackt hast, eine halbe Stunde ist lang, wenn man sie nur effektiv zu nutzen weiß.“

„So kurzfristig war das möglich? Wir sind mitten in der Saison, da war doch bestimmt schon alles ausgebucht!“

Matt lächelt mir verschwörerisch zu.

„Manchmal ist so was einfach eine Frage des Preises!“

Ich frage lieber nicht weiter nach, weil ich lieber gar nicht wissen will, was der Spaß gekostet hat.

„Matt, das teure Hotel, die Bootsfahrt und das alles … weißt du, du musst das nicht machen.“

Er sieht mich verwundert an und ich mache mir plötzlich Gedanken, ich könnte ihn vor den Kopf gestoßen haben.

„Versteh mich bitte nicht falsch, das ist alles wunderschön. Aber …“, ich grinse breit, „ ... ich würde auch so mit dir schlafen, weißt du!“

Matt lacht schallend und zieht meine Hand über dem Tisch zu sich und drückt einen Kuss darauf.

„Sophie, ich weiß, dass du auch so mit mir schlafen würdest. Das liegt an meiner umwerfenden, anziehenden Art! Du kannst quasi gar nicht anders!“

Ich verpasse ihm unter dem Tisch einen kleinen Tritt und er lacht.

„Aber weißt du was Sophie? Ich mache das alles zwar *auch,* aber nicht *nur* für dich. Ich finde es auch schön. Mir gefällt unser Hotel und so eine Tour wollte ich schon immer mal machen, aber ich habe dabei keinen Bock auf andere, nervige Touristen, die nach Schweiß stinken und ständig zu laut reden. Und bitte tu mir einen Gefallen: Mach dir über Geld keine Gedanken. Ich weiß, in Deutschland redet man nicht über seine Finanzen, aber ich versichere dir, es trifft keinen Armen.“

Ich will noch etwas einwenden, ihm vorschlagen, dass ich ihm trotzdem wenigstens einen Teil des Geldes zurück bezahle, aber er lässt mich nicht mehr weiter zu Wort kommen.

„Ich bin beleidigt, wenn du jetzt auch nur noch ein einziges Wort übers Geld verlierst, Sophie. Im Ernst!“

Er hebt sein Weinglas hoch und prostet mir zu. „Auf unseren Kurzurlaub!“

Ich erwidere seinen Toast und koste den ersten Schluck des Weines.

Er ist trocken aber dabei leicht und fruchtig und genau der richtige Wein für das warme Sommerwetter momentan. Er schmeckt hervorragend.

„Der Wein wird übrigens hier in Holland angebaut“, erklärt Matt mir und lacht, als er mein zweifelndes Gesicht sieht.

„Wirklich, ganz im Ernst. Ich dachte heute am Telefon erst, dass ich unseren reizenden Bootsführer durch seinen Sprachenmix falsch verstanden hätte, aber ich habe es dann im Internet nachgelesen. Er wird in einer der südlichen Provinzen angebaut. Ich habe uns da für morgen einen Besichtigungstermin gemacht. Du wolltest doch noch ein paar Tage ans Meer und es ist nicht weit von unserer Pension entfernt!“

Ich trinke noch einen Schluck Wein und obwohl ich dieses Mal besonders kritisch bin, schmeckt er mir immer noch hervorragend.

Matt probiert den gewürfelten Käse erst selbst, dann häuft er Käsewürfel und Brot auf einen Teller und reicht ihn zu mir rüber.

„Du solltest auch etwas essen, wenn dir der Wein so gut schmeckt!“ Er lächelt mir zu und ich nehme ihm den Teller aus der Hand. Die Käsesorten reichen von mild bis würzig und es sind immer kleine Fähnchen dabei, auf denen die Sorte vermerkt ist. Ich esse alle bis auf den Ziegengouda, der mir zu scharf ist und zu stark nach Ziege schmeckt.

Erst während des Essens wird mir bewusst, wie hungrig ich tatsächlich gewesen bin und nachdem wir den gesamten Käseteller plattgemacht haben, setzt sich Matt neben mich und zieht mich in seine Arme. So sitzen wir angenehm schweigend nebeneinander und betrachten Amsterdam vom Wasser aus. Zwischendrin macht Matt ein paar Fotos und ich muss jedes Mal lächeln, wenn ich daran denke, wie er sie seiner Familie zeigen wird. Gleichzeitig erfüllt mich eine tiefe Traurigkeit, weil mir dabei auch wieder einfällt, wie begrenzt die Zeit ist, die ich mit ihm haben werde.

Kapitel 17

Erholt und gestärkt setzen wir nach unserer Bootstour den Trip durch Amsterdam fort.

Matthew hält wie selbstverständlich meine Hand und ich muss zugeben, dass sich das wie immer sehr gut anfühlt.

Er strahlt so ein unglaublich unerschütterliches Selbstbewusstsein aus, dass ich zwischendrin sogar vergesse, wie unsicher ich mir oft selbst bin.

So sehr vermittelt er mir das Gefühl gut für ihn zu sein, schön zu sein, begehrenswert und liebenswert zu sein, dass ich es immer öfter fast schon selbst glauben kann.

Es fühlt sich einfach so gut an, mit ihm zusammen zu sein. So selbstverständlich und natürlich und dennoch so besonders. Ich mache mir immer wieder klar, dass ich dieses Gefühl genießen kann. Hier und jetzt! Aber auch, dass ich mich nicht daran gewöhnen sollte, weil das mit ihm nicht von Dauer sein wird. Ich werde traurig bei dem Gedanken und meine eigenen Gefühle wühlen mich auf. Ich wollte nie jemanden so nah an mich heranlassen und jetzt ist Matt mir doch schon viel näher, als es gut für mich ist. Ich fühle mich plötzlich, als würde ich sehenden Auges in mein Unglück rennen. Aber ich kann es auch nicht einfach bleiben lassen. Ich kann dieser kurzen Versuchung des

Glücks mit ihm einfach nicht widerstehen. Und ich habe es ja weiß Gott versucht!

Aber Matt hat mich nicht gelassen. Und mein verräterischer Körper hat ebenfalls etwas völlig anderes im Sinn gehabt, als mein Verstand. Das kleine Stückchen meiner Seele, das vermutlich immer noch daran glaubt, ich würde doch noch einmal jemanden finden, der mich liebt, das hat mich auch nicht gelassen. Ausgerechnet bei ihm musste ich schwach werden. Ausgerechnet bei einem Mann, der tausende von Kilometern entfernt lebt und auch noch aussieht, wie ein Model.

Ich betrachte ihn von der Seite, seine Augen blicken unbekümmert umher, um seine Lippen spielt ein kleines Lächeln. Auch wenn es mir schwerfällt, mir das einzugestehen, aber ich denke, ich habe mich ein kleines bisschen in ihn verliebt.

Sei doch ehrlich zu dir selbst, es ist nicht nur ein kleines bisschen, du verliebtes Mondkalb.

Fest drücke ich seine Hand und seufze kurz.

Abrupt bleibt er stehen und schaut mich an. Wie so oft hat er meinen Stimmungswandel viel zu schnell mitbekommen. Es ist erstaunlich, wie schnell er immer auf mich reagiert.

„Alles okay bei dir, Sophie?“

„Alles gut!“, lüge ich und merke, wie mir gleichzeitig die Kehle eng wird und in meinen Augen unterdrückte Tränen brennen.

Ich versuche ihn weiter zu ziehen, ich will nicht, dass er sieht, was ich fühle und ich will es ihm nicht erklären müssen. Das wäre, als würde ich mich auf offener Straße nackt für ihn ausziehen, ich will ihn nicht noch näher an mich heranlassen, ihn nicht in die Tiefen meiner Seele blicken lassen. Ich will mich nicht noch enger an ihn binden, als ich es ohnehin schon getan habe.

„Hey!“ Matt zieht mich an meinem Arm sanft zu sich zurück, umfasst mein Kinn mit seiner Hand und zwingt mich so, ihn anzuschauen. „Und jetzt sag mir, was los ist!“

Ich kann nicht, meine Kehle fühlt sich plötzlich an, wie zugeschnürt und ich blinzle kräftig, um die Tränen zu verscheuchen und beiße mir auf die Unterlippe.

„Bitte nicht“, flüstere ich. Ich kann einfach nicht, kann ihm jetzt nicht erzählen, was gerade in mir vorgeht.

„Komm mit!“ Matt zieht mich hinter sich her, so entschlossen, dass ich ihn ohne jeden Widerstand folge.

Keine drei Minuten später sind wir bei unserem Hotel angekommen, wir waren anscheinend nur eine Straße weit entfernt. Er zieht mich in den Fahrstuhl und fängt an, mich zu küssen. Erst nur sanft und als ich an seinen Lippen leise seufze, zieht er mich eng an sich und sein Kuss wird intensiver und entschlossener.

„Was hast du vor mit mir?“, murmele ich zwischen zwei Küssen.

„Wonach fühlt es sich denn an?“ Er küsst mich wieder, eng gegen seinen Körper gedrückt und ich spüre bereits die Folgen seiner Erregung hart an meinem Bauch. Der Fahrstuhl hält und als ich verwirrt hinter Matt herstolpere, bleibt er stehen, nimmt mich auf seine Arme und trägt mich in unser Zimmer.

„Warum so plötzlich?“ Nicht, dass ich mich über so viel Leidenschaft nicht freuen würde, aber die Plötzlichkeit irritiert mich.

„Willst du das wirklich wissen, Sophie?“

Ich nicke nur.

Seine Hände wandern zu meinem Rücken und er fasst den Reißverschluss meines Kleides und zieht ihn nach unten. Sanft fährt er mit zwei Fingern meine Wirbelsäule von meinen Schultern abwärts bis zu meinem Po nach und hinterlässt eine Gänsehaut auf mir.

„Du bist kompliziert, Sophie. Und verschlossen. An dich heranzukommen, das ist frustrierend. Du erzählst mir fast nie etwas …“ Er küsst meinen Hals und ich habe große Schwierigkeiten, mich auf das zu konzentrieren, was er gerade sagt. „Du frustrierst mich. Und manchmal machst du mich mutlos.“ Er beißt mir ins Ohr und ich stöhne auf.

„Weißt du, Sophie, du hast immer Mauern um dich herum.“ Seine Hände landen auf meinen Brüsten, mit den Daumen reizt er meine Nippel durch den Stoff meines BHs und sie richten sich sofort auf.

„Ich habe immer das Gefühl, dass du einen großen Teil von dir vor mir verbirgst und du dich vor mir verschließt. Das frustriert mich, wenn ich nicht so ein harter Kerl wäre …“ er lächelt schief, während er meinen BH öffnet und achtlos zur Seite wirft, „… dann würde ich vermutlich sogar behaupten, dass es mich verletzt.“

Wieder liebkost er meine Brüste, diesmal ohne den störenden Stoff dazwischen und ich strecke mich ihm entgegen.

„Aber weißt du was?“ Er beugt sich zu mir und wieder beißt er mir in den Hals und mich durchläuft ein heißer Schauer der Erregung. Ich schaffe es gerade noch den Kopf zu schütteln, als nonverbale Antwort auf seine Frage.

„Wenn wir Sex haben, dann lässt du dich fallen. Dann bist du einfach nur du selbst. Ganz und gar. Nur dann öffnest du dich mal. Und wenn ich schon sonst nicht alles von dir bekommen kann, dann muss ich dich jetzt eben vögeln. Denn ich will dich, Sophie, ich brauche dich. Und zwar ganz, zu hundert Prozent. Und zwar jetzt.“

Ich würde ihm vermutlich widersprechen, aber in diesem Moment geht er in die Knie und saugt meinen harten Nippel in seinen Mund und jeder rationale Gedanke in meinem Kopf verabschiedet sich. Ich schließe meine Augen und meine Atmung beschleunigt sich.

Matt schiebt mich nach hinten, bis meine nackten Beine gegen das Sofa stoßen, dann zieht er meinen Slip nach unten und gibt mir einen sanften Schubs, sodass ich in die weichen Kissen falle.

Er kniet immer noch vor mir und öffnet meine Knie um sich dann zwischen meine Beine zu drängen. Küsse wandern über meinen Bauch, ich spüre seine Zunge in meinem Bauchnabel. Als sein Mund immer weiter nach unten wandert, schnappe ich nach Luft.

Er quält mich, küsst die Innenseite meiner Oberschenkel, liebkost meinen Venushügel nur die Stelle, an der ich ihn jetzt unbedingt spüren will, die lässt er aus. Ich beginne, mich unruhig hin und her zu bewegen.

Dann endlich fährt er mit seiner Zunge durch meine Spalte. Mein Kopf kippt nach hinten und ich schließe die Augen. Als er meinen empfindsamsten Punkt findet, fange ich an zu zittern. Er reizt mich, bis ich kurz vor dem Orgasmus stehe, dann hört er auf. Ich fühle mich nicht dazu in der Lage, die Augen wieder zu öffnen und gebe ein frustriertes Geräusch von mir. Ich höre das Rascheln seiner Kleidung, als er sich auszieht, dann ist er wieder bei mir.

Ich spüre seine Eichel an meiner Mitte, er lässt sie immer wieder durch meine nasse Spalte gleiten und ich dränge mich ihm entgegen.

„Du bist so nass, Sophie!“ Sein harter Schwanz verteilt meine Nässe auf mir und sorgt für mehr. Er macht immer weiter, reizt mich solange, bis ich denke, ich kann es nicht mehr aushalten. Dann ist er plötzlich in mir. Ich höre meinen eigenen Schrei und bin selbst erstaunt, wie erregt ich bin.

Er stößt in mich, erfüllt mich ganz und meine Erregung ist bereits soweit fortgeschritten, dass ich das Ziehen in meinem Unterleib, das meinen Orgasmus ankündigt, bereits nach wenigen Augenblicken spüre.

„Öffne die Augen und sieh mich an!“ Matts Stimme duldet keinen Widerspruch und wie von selbst öffne ich tatsächlich meine Augen.

„So ist’s gut!“ Er küsst mich und mit jedem seiner Stöße wird auch sein Atem immer abgehackter.

„Matt!" meine Stimme klingt fremd, meine Erregung ist jetzt kaum noch zu steigern und ich will meine Augen wieder schließen.

„Ich bin hier, Sophie! Sieh mich an!"

Ich öffne meine Augen wieder und schaue in sein schönes, erregtes Gesicht.

Die erste Welle meines Höhepunktes überrollt mich mit einer Heftigkeit, mit der ich nicht gerechnet hätte. Ich kralle mich in seine Oberarme und schreie seinen Namen, während ich ihm weiterhin in die Augen sehe.

„Ich bin hier Sophie, ich bin hier. Halt dich an mir fest!"

Ich zittere und krampfe mich um ihn zusammen, aber ich schaue ihm unverwandt weiter ins Gesicht.

„Matt …", flüstere ich jetzt noch einmal heiser.

„Ich bin hier, Baby, siehst du!" dann verschleiert sich sein Blick und mit der letzten Welle meines Höhepunktes kommt auch er.

Ich zittere immer noch, als er mich vom Sofa herunter in seine Arme zieht und jetzt endlich kann ich die Tränen nicht mehr zurückhalten, die ich vorhin so mühsam unterdrückt habe. Es ist seit Jahren das erste Mal, dass ich weine und jemand da ist, um mich festzuhalten. Und es ist das erste Mal seit Jahren, dass mir auffällt, wie gut es tut, jemanden zu haben, der einen in solchen Momenten festhält.

Kapitel 18

Wir liegen noch eine ganze Weile so da, einfach nur Arm in Arm.

Matt sagt schlicht gar nichts sondern hält mich schweigend und streichelt mein Haar und meinen Rücken und ich bin ihm unendlich dankbar dafür.

Irgendwann rappele ich mich auf, weil ich dringend ins Bad muss. Ich gehe zur Toilette und drehe danach die Dusche auf und öffne die Tür zum Badezimmer, damit Matt weiß, dass er reinkommen kann.

Ich stelle mich unter das warme Wasser, das die Reste meiner Tränen endgültig davon spült. Wie gehofft dauert es nicht lange, bis Matt zu mir kommt. Er stellt sich hinter mich und zieht mich an sich heran und ich lehne mich mit dem Rücken gegen seine Brust.

Er greift nach dem Haarshampoo und beginnt dann, mir schweigend meine Haare zu waschen. Er massiert meine Kopfhaut und ich fange fast an, zu schnurren wie ein Kätzchen. Er spült mir den Schaum aus, dann greift er zum Duschgel und wäscht mich. Seine seifigen Hände streichen über meine Schultern, massieren meine Nackenmuskulatur, lockern die angespannten Muskeln meiner Schultern. Mit reichlich warmen Wasser spült er mich schließlich ab, lässt den Strahl der Dusche um meine Brüste kreisen und hält ihn einen Moment länger als nötig zwischen meine Beine. Er lächelt, als ich tief seufze und stellt das Wasser entschlossen ab.

Vor mir öffnet er die Tür der Duschkabine, nimmt eines der großen, weichen Handtücher, bei denen ich mich frage, wie die Hotelwäscherei sie nur so flauschig bekommt und wickelt mich darin ein, bevor er auch sich ein Handtuch um die Hüften schlingt. Der Kontrast zwischen seiner leicht gebräunten Haut, auf der nasse Wassertropfen schimmern und dem weißen Handtuch sieht einfach toll aus. Ich strecke die Hand nach ihm aus und folge einem Wassertropfen, der von seiner Brust in Richtung seines Bauchs läuft mit dem Zeigefinger, während Matthew meine Bewegung konzentriert beobachtet.

Kurz bevor der Tropfen und ich am Handtuch ankommen knurrt mein Magen, laut und deutlich.

Verdammt! Wie unromantisch ...

Ich beiße mir grinsend auf die Lippe und Matt lacht. Er packt meine beiden Hände an den Handgelenken und hält sie neben meinem Körper fest, während er mir einen Kuss auf die Stirn presst.

„Wir sollten etwas essen gehen! Ganz in Ruhe. Ich lasse dich jetzt mal alleine, damit du dich fertigmachen kannst. Denn wenn ich noch hier bin, wenn du das Handtuch fallen lässt, dann brauchst du garantiert noch eine weitere Dusche!“ Er gibt mir noch einen Kuss. „Deine Sachen habe ich dir vorhin schon mit ins Bad gebracht“, er deutet auf einen kleinen Stapel mit Kleidung und meine Kulturtasche, die er auf einen Stuhl gelegt hat. “Ich warte dann nebenan auf dich. Bis gleich!“

Er verlässt, ganz entspannt und ein Liedchen pfeifend, das Bad und ich schaue ihm lächelnd hinterher.

Ich beeile mich und putze schnell meine Zähne, anschließend föhne ich meine Haare, stecke sie locker zusammen, trage ein bisschen Make-up und Puder auf und tusche mir kräftig die Wimpern.

Danach begutachte ich die Sachen, die Matt für mich ausgesucht hat. Ich muss lachen, als ich sehe, für welche Wäsche er sich entschieden hat. Das Set besteht kaum mehr als aus einem Hauch von Spitze und ein paar Schleifchen, nur der BH ist im unteren Bereich der Körbchen weich unterlegt. Leider ist die Wäsche dunkelgrau mit Rosa und das Kleid, dass er mir dazu gelegt hat, weiß.

Männer!

Ich schüttele lächelnd den Kopf, schlüpfe in den Hauch von Unterwäsche und stolziere aus dem Badezimmer, das weiße Kleid hänge ich mir dabei lässig über die Schulter.

Als ich das Schlafzimmer unserer Suite betrete, liegt Matt bäuchlings auf dem Bett, den Kopf hat er auf seine Hände gestützt und der Fernseher läuft.

Sein Blick wandert vom Fernseher weg und zu mir, als er mich bemerkt. Seine Augen weiten sich in dem Moment, in dem er meinen Aufzug registriert.

„Scheiße, Sophie, das ist ja noch schlimmer, als einfach nur das Handtuch fallen zu lassen!“ Seine Stimme hat bereits den tiefen, leicht heiseren Klang angenommen, den sie immer bekommt, wenn er erregt ist. Er richtet sich auf dem Bett auf und setzt sich hin.

Ich schenke ihm mein unschuldigstes Lächeln.

„Du hast mir ein weißes Kleid ausgesucht, Matt. Da würde man die dunkle Wäsche durchscheinen sehen. Und ich will doch nicht, dass du den ganzen Abend abgelenkt bist, weil du ständig meine Unterwäsche sichtbar vor Augen hast! Du wolltest doch in Ruhe essen gehen, hast du gesagt!“ Ich klimpere lächelnd mit den Augenliedern und werfe mein Kleid aufs Bett und wende mich dann dem Kleiderschrank zu, in den Matt bereits meine Sachen geräumt hat.

Als ich ihm den Rücken zudrehe, steht er plötzlich hinter mir und schlingt seine Arme um meine Taille. Er küsst meine Schulter und lässt seine Küsse langsam über meinen Hals bis zu der empfindlichen Stelle hinter meinem Ohr gleiten. Mein Körper reagiert sofort auf ihn, aber ich befreie mich von seinen Armen.

Ihn ab und an mal ein bisschen hinzuhalten kann ja bestimmt nicht schaden!

„Essen gehen, Matt. Du wolltest in Ruhe essen gehen!“

Er seufzt schwer, dann lässt er mich zögerlich wieder los.

„Manchmal bist du eine fiese, kleine Hexe.“ Er gibt mir einen kleinen Klaps auf den Po und ich grinse.

„Tu doch nicht so, als würde dir das nicht gefallen!“ Ich schlüpfe in eine enge Jeans und ein dunkelblaues Top mit einem Wasserfallausschnitt. Dann drehe mich grinsend zu ihm um.

Matt fährt sich mit der Hand durch den Nacken und legt den Kopf ein bisschen schief, als er mich nachdenklich ansieht.

„Weißt du, Sophie, eigentlich gefällt mir fast alles an dir. Das ist nahezu erschreckend. Und ich weiß nicht, ob das noch ein Problem wird.“ Während wir vorher noch beide scherzhaft und neckend zueinander waren, ist er jetzt abrupt ganz ernst. Aber seine ernsthafte Stimmung hält nur einen kurzen Augenblick lang an, dann kehrt das schelmische Lächeln auch schon in seine Augen zurück.

Er streckt seine Hand nach mir aus und zieht mich zu sich, dann küsst er meine Nasenspitze.

„Komm meine wunderschöne, kleine Hexe, lass uns endlich essen gehen!“

Hand in Hand verlassen wir das Hotelzimmer und stürzen uns in das abendliche Getümmel Amsterdams.

„Hast du ein bestimmtes Ziel?“, frage ich Matthew, nachdem er draußen eingehend die Karte studiert.

Er lächelt umwerfend und so breit, als würde er nichts Gutes im Schilde führen.

„Sophie, ich verfolge *immer* ein bestimmtes Ziel und ich erreiche es auch immer.“ Ich bin mir ziemlich sicher, dass er damit nicht das Restaurant meint, in das wir jetzt gehen wollen, aber ich ignoriere seine Doppeldeutigkeiten.

Nach einem weiteren Blick in die Karte steckt er sie ein und sieht mich an.

„Lust auf ein bisschen Abenteuer?“

Ich bin mir da nicht so ganz sicher, aber Matthew wartet meine Antwort gar nicht erst ab und zieht mich hinter sich her.

„Verrätst du mir jetzt, wohin du genau willst?“ Nach ein paar Minuten werde ich ungeduldig und irgendwie habe ich so etwas wie eine üble Vorahnung.

„Chinatown!“, gibt Matt entschlossen zurück. „Du magst doch chinesisches Essen, oder?“

„Hier gib es so etwas wie ein Chinatown?“ Ich bin ehrlich erstaunt, ich war immer davon ausgegangen, das gäbe es nur in den größeren Städten der USA.

„Laut Reiseführer ja. Es sind noch ungefähr 10 Minuten Fußweg von hier. Schaffst du das in den Schuhen?“, er deutet auf meine hohen Absätze. „Ansonsten könnte ich dir natürlich wieder mal anbieten, dich zu tragen!“

Ich strecke ihm die Zunge raus und gehe einfach weiter. Es dauert nur ein paar Sekunden, bis er wieder neben mir ist, meine Hand nimmt und unsere Finger miteinander verschränkt.

Chinatown in Amsterdam ist genauso gegensätzlich und erstaunlich, wie der ganze Rest der Stadt. Traditionelle, historische Gebäude, die so typisch niederländisch aussehen, dass sie beinahe wie ein Klischee wirken, wechseln sich mit asiatischen Farben, Formen und Schnörkeln ab und mittendrin steht ein buddhistischer Tempel.

Während ich noch mit großen Augen staune, führt Matt mich zu einem Restaurant, in dem gerupfte Enten im Schaufenster hängen.

Ich betrachte die toten Tiere und bleibe wie angewurzelt stehen.

„Da willst du essen gehen, Matt?“ Ich starre auf die Enten, die vermutlich gegrillt oder geräuchert worden sind und kann nicht glauben, dass er ausgerechnet hier etwas essen will.

„Hier soll es das beste chinesische Essen der ganzen Stadt geben. Und das authentischste!“ Matt grinst und zieht die Augenbrauen hoch, als er mein Zögern bemerkt.

„Bist du vielleicht zu feige Sophie?“

„Feige? Ich? Natürlich nicht!“ Todesmutig folge ich Matt, der mir bereits die Tür zum Restaurant aufhält.

Ich stehe nur nicht auf Lebensmittelvergiftungen!

Ich frage mich, ob es wohl auch in Amsterdams Chinatown so etwas wie ein Gesundheitsamt gibt und welche Maßstäbe dieses wohl für seine Kontrollen anlegt. Ich kann nur hoffen, dass sie streng sind und auch hier regelmäßig stattfinden.

Von innen wirkt das Restaurant typisch chinesisch und scheint zu meiner Freude sehr sauber zu sein.

Die Speisekarte ist verwirrend und in Chinesisch, Niederländisch und schlechtem Englisch geschrieben. Ich seufze schwer.

„Komm, ich bestell einfach für uns beide, mein Mädchen!“ Matt nimmt mir die Karte aus der Hand, und als die Bedienung zu uns an den Tisch kommt, deutet er auf mehrere Gerichte in der Karte. Er sieht dabei ziemlich zielstrebig aus, dabei bin ich mir ganz sicher, dass er nicht wirklich weiß, was er da tut.

Die Bedienung, eine kleine Chinesin mittleren Alters, hat ein Dauerlächeln aufgesetzt und notiert eifrig und kopfnickend jeden Punkt von Matts Bestellung. Irgendwie erinnert sie mich dabei ein bisschen an ein pickendes, übereifriges Hühnchen und ich bin froh, dass im Schaufenster nur Enten hängen, sonst hätte mir diese makabere Assoziation wohl den Appetit verdorben.

Ich lächele Matt an, als die Bedienung unseren Tisch wieder verlässt.

„Hast du auch nur die geringste Ahnung, was du da jetzt bestellt hast?“

„Zwei Tsingtao Bier, Moutai und irgendwas zu essen.“ Er lehnt sich entspannt auf seinem Stuhl zurück und schaut sich in dem kleinen Restaurant um.

„Was bitte ist denn Moutai?“

„Chinesischer Schnaps. Ich dachte mir, ein bisschen hochprozentiger Alkohol kann nicht schaden, wer weiß, was wir zu essen bekommen werden.“ Er zuckt grinsend mit den Schultern und ich muss lachen.

Nach ein paar Minuten kommt die Bedienung mit Bier, gebackenem Krabbenbrot, einer ganzen Flasche Schnaps und Gläsern zurück.

„Sie scheint ihrem eigenen Essen auch nicht zu vertrauen, wenn sie uns gleich eine ganze Flasche bringt“, raunt Matthew mir zu, nachdem sie wieder weg ist. Wir lachen beide und fangen gleich mit dem Schnaps an, um eventuellen Erregern gleich von Anfang an keine Chance zu lassen.

Zu meiner großen Erleichterung schmeckt das Essen köstlich, auch wenn es kaum etwas mit dem zu tun hat, was ich an chinesischem Essen von zu Hause gewohnt bin.

Nachdem wir unser Mahl beendet haben, bin ich satt, zufrieden und ein bisschen angetrunken. Ich hake mich bei Matt unter, als wir das Restaurant wieder verlassen und genieße es, mit ihm zusammen Arm in Arm spazieren zu gehen. Immer wieder fällt mir auf, dass sich Frauen nach ihm umdrehen und ihn anstarren und ich schmiege mich voller Stolz noch enger an ihn. Normalerweise bin ich nicht der Typ, der gerne Zärtlichkeiten in der Öffentlichkeit austauscht. Aber als ihn eine besonders attraktive junge Frau mit langen, braunen Haaren, schlanken Beinen und großen Brüsten so offenkundig anstarrt, dass es mich beinahe wütend macht, kann ich dem Drang nicht widerstehen und ziehe ihn eng an mich um ihn zu küssen.

Ich weiß, dass dieser Kerl eine Augenweide ist. Aber er ist meiner, Mädchen!

Matt scheint sich über meinen plötzlichen leidenschaftlichen Anfall zu freuen, er küsst mich mit soviel Enthusiasmus zurück, dass mein Puls zu rasen beginnt. Seine Hände landen auf meinem

Po und er beugt sich halb über mich, sodass ich den Kopf in den Nacken legen und mich ein bisschen zurücklehnen muss.

„Alle Besitzansprüche geklärt?“, flüstert er mir ins Ohr, als er mich wieder loslässt. Er klingt amüsiert und hochzufrieden.

Er hat sie also doch gesehen!

Auf meinem Gesicht macht sich ein selbstzufriedenes Lächeln breit. Er hat eine Show geliefert, weil er wusste, dass mich das freuen wird.

Wir sind nur ein paar Schritte weiter gegangen, als ich bemerke, dass die hübsche Brünette hinter uns herläuft.

„Entschuldigung bist du nicht Matthew Johnson?“, sagt sie und outet sich durch ihre Sprechweise eindeutig als Amerikanerin. Sie klimpert mit ihren langen Wimpern und leckt sich verführerisch über die Lippen. Jetzt wo sie näher bei uns steht, kann ich ihr süßliches Parfüm riechen, von dem sie deutlich mehr aufgetragen hat, als man es sollte.

„Bin ich!“, antwortet Matt ihr eher kurz angebunden. Sie mustert mich kritisch, so wie es Frauen tun, wenn sie die Konkurrenz abchecken wollen.

Das wird ja interessant!

„Ich hätte gerne ein Foto, wäre das möglich?“, sie kommt näher, wirft ihre Haare nach hinten und lächelt betörend. Dann streckt sie die kleine Digitalkamera in ihrer Hand in meine

Richtung. Offenkundig möchte sie ein Foto von Matthew und sich haben und ich soll es machen. Ich seufze innerlich und winde mich bei dem Gedanken, wie sich diese Trulla in seine Arme schmiegt und ich das Ganze auch noch fotografisch festhalten muss. Ich ärgere mich schon jetzt darüber, dass er danach vermutlich nach ihrem Parfüm stinken wird. Unsinnige, brennende Eifersucht macht sich plötzlich in mir breit.

Trotzdem will ich gerade die Hand nach der Kamera ausstrecken, als Matt meine Bewegung bemerkt und mich zurückhält, in dem er seinen Arm fest um mich legt.

„Klar, du kannst gerne ein Foto von mir machen!“, sagt er freundlich lächelnd in ihre Richtung und macht dabei keinerlei Anstalten, mich aus seiner Umarmung zu entlassen.

Sie reißt irritiert und deutlich enttäuscht die Augen auf, bevor sie unsicher ihre Kamera hochnimmt, um ein Foto zu machen, auf dem es schwer werden würde, mich wegzuschneiden, weil Matt breit lächelnd sein Kinn auf meinen Kopf lehnt. Ich lächele einfach vorsichtshalber auch, wer weiß, wer das Foto zu Gesicht bekommen wird. Ich bemühe mich ernsthaft, nur zu lächeln und nicht schadenfroh zu grinsen, aber ich bin mir nicht ganz sicher, ob das auch klappt.

Nachdem sie ihr Foto geschossen hat, bedankt sie sich höflich und geht weiter, anscheinend hat sie verstanden, dass Matt nicht näher auf ihre Flirtversuche eingehen wird. Ich schaue ihr noch einen Augenblick lang etwas ungläubig hinterher, bevor ich mich wieder Matt zuwende.

„Passiert dir so was oft?“ Ich bin fassungslos, dass er einfach so von fremden Leuten auf der Straße angesprochen worden ist.

„Ab und an mal!“ Matt zuckt unbeeindruckt die Schultern. „Ich hab dir doch gesagt, dass ich ganz gut bin …“ Er nimmt mich wieder in den Arm und geht weiter.

„Gib’s doch zu, du hast sie heimlich bestellt, um mich zu beindrucken!“ Ich knuffe ihm lachend in die Seite und er fängt auch an zu lachen.

„Klar! Vielleicht bemerkst du ja so endlich, was für ein toller Kerl ich bin!“ Seine Augen funkeln amüsiert.

Das habe ich doch schon längst bemerkt!

Nur zugeben will ich das einfach nicht.

Aber ich befürchte, dass es andere gibt, die es sofort zugeben würde. Die parfümierte Trulla von eben zum Beispiel.

Und während ich alleine in Deutschland bleiben werde, wird Matt wieder in die USA zurückkehren, wo ihn so hohle Püppchen wie diese gerade anhimmeln. Welcher Mann könnte da schon widerstehen?

Ich werde weit weg sein. Und wir sind miteinander ja schließlich auch keine Verbindlichkeiten eingegangen. Er hätte jedes Recht der Welt dazu, sich mit einer anderen zu amüsieren.

Kapitel 19

In meinem Kopf nisten sich ungefragt Bilder ein, in denen Matt die Parfümziege küsst, ihr langes Haar auf seine nackte Brust fällt, während sie sich zu ihm beugt …

Die brennende Eifersucht von gerade kehrt wieder zurück und lodert so heiß in mir, dass sie mir beinahe körperliche Schmerzen bereitet.

Den ganzen Rückweg zum Hotel spuken solcherlei Szenen unablässig in meinem Kopf herum.

Wir kommen in unserem Hotelzimmer an und Matt schließt die Zimmertür hinter uns und lehnt sich mit verschränkten Armen von innen dagegen.

Ich brauche ihn gar nicht anzusehen, um zu wissen, was er will. Die Luft fühlt sich plötzlich an, als wäre sie elektrisch geladen. Sein Blick ruht mit der trügerischen Trägheit eines Raubtieres auf mir und mein Körper reagiert sofort auf ihn.

Es mag ja genug Frauen geben, die ihn wollen, aber gerade will er mich und nur mich!

„Ziehst du dich für mich aus, Sophie?“ Eigentlich ist es mehr Befehl als Frage und seine Stimme scheint mich dabei zu streicheln.

Ohne zu zögern greife ich zum Saum meines Oberteils und ziehe es langsam über den Kopf, um es anschließend zu Boden fallen zu lassen.

Dann wandern meine Hände zu meiner Jeans und ich öffne sie gemächlich, Knopf für Knopf. Matts Blick lässt mich nicht los, wie gebannt ruht er auf meinen Händen und verfolgt auch noch die kleinste meiner Bewegungen.

Nachdem meine Jeans offen ist, streife ich sie mir bis zu den Knien nach unten, schlüpfe aus meinen Schuhen und ziehe dann den Rest der engen Hose aus.

Als ich auf Matt zugehe, wirkt er auf einmal gar nicht mehr so cool, wie noch vor wenigen Augenblicken. Er leckt sich über die Lippen und betrachtet meinen Körper.

„Du bist so schön, Sophie. So verdammt schön!“

Ich bleibe vor ihm stehen und sonne mich in dem Gefühl von weiblicher Macht.

„Ziehst du dich auch aus, Matt?“

Er beeilt sich, meiner Bitte nachzukommen, knöpft sein Hemd auf, zieht es aus und lässt es auf den Boden fallen, dicht gefolgt von seinen restlichen Kleidungsstücken. Ich überbrücke die letzten Zentimeter zwischen uns und küsse ihn, während seine Hände meinen Po finden und ihn fest drücken.

Ich umfasse sein Gesicht mit meinen Händen und küsse ihn wieder und wieder, lege all meine Sehnsucht in diesen Kuss. Es erstaunt mich immer wieder, wie sehr ich diesen Mann begehre, wie verrückt ich nach Sex mit ihm bin, wie sehr ich es genieße, wenn ich merke, dass ich ihn erregen kann.

Ich gehe langsam vor ihm in die Knie. Als er registriert, was ich vorhabe, seufzt er rau.

„Sophie, du …“, er will irgendetwas sagen, aber er kommt nicht dazu, weil ich in diesem Moment seinen Schwanz mit beiden Händen umfasse und langsam über seine glatte Eichel lecke.

„Oh mein Gott!“, sagt er und dann ist nichts mehr von ihm zu hören, als sein keuchender Atem.

Ich liebkose seinen wundervollen Schwanz mit all meiner Hingabe. Wenn ich ihn schon wieder hergeben muss, dann will ich zumindest ein paar Erinnerungen schaffen, die es den nächsten Frauen schwer machen werden. Erinnerungen, die ihn in kalten, einsamen Nächten warm halten werden. Der Gedanke daran, wie er es sich selbst macht und dabei an mich denkt erregt mich noch mehr.

Ich umschließe die Spitze seiner Erektion mit meinen Lippen und lasse sie immer wieder ganz sanft vor und zurückgleiten. Meine Hände streicheln dabei behutsam über seinen Schaft und liebkosen die Haut seiner Hoden. Ich weiß, dass all meine Berührungen viel zu sanft für ihn sind, dass es nahezu quälend zaghaft für ihn sein muss und es dauert nicht lange, dann beginnt Matt sich zu winden und zu zappeln.

„Willst du mich foltern, Sophie?“ er klingt atemlos. Ich antworte ihm nicht sondern entlasse ihn nur aus meinem Mund und lächele ihn an. Dann strecke ich die Zunge heraus und lecke wieder über seine glänzende Spitze, diesmal mit mehr Druck. Ich schaue zu ihm hoch und sehe, dass er mich mit verhangenem Blick beobachtet, bis er es nicht mehr aushält und die Augen schließt.

Ich nehme ihn wieder in den Mund, sauge jetzt heftig an ihm und verwöhne ihn dabei gleichzeitig mit meiner Zunge und er stöhnt laut auf. Ich berausche mich an seiner Erregung, an seinem Geschmack und an dem Gefühl seiner harten Männlichkeit.

Matt beginnt, zusammenhangloses Zeug zu stammeln und zwischendrin stöhnt er immer wieder etwas, das klingt wie mein Name. Seine Reaktion auf mich ist so intensiv, dass sie mir mehr Bestätigung gibt, als alles, was er sagen könnte. Dass er schlichtweg nicht mehr in der Lage dazu ist, noch etwas zu sagen, löst einen Schub von Adrenalin in mir aus, der sich als warme, kribbelnde Welle in meinem Bauch ausbreitet.

Ich lasse seinen Schwanz aus meinem Mund gleiten, um ihn dann wieder soweit darin aufzunehmen, wie ich nur kann, schiebe gleichzeitig die Haut an seinem Schaft vor und zurück und innerhalb weniger Minuten ist er genau da, wo ich ihn haben will, ganz nahe am Rande des Wahnsinns.

Sein Atem scheint sich jetzt zu überschlagen und einen kurzen Moment später schmecke ich die erste Ladung seines Spermas in meinem Mund. Danach habe ich Schwierigkeiten, überhaupt noch weiter zu machen, weil Matts Beine unter ihm nachgeben und er sich langsam an der Tür nach unten gleiten lässt.

Es dauert mehrere Minuten, die Matt schwer atmend und mit geschlossenen Augen verbringt, bis er sich wieder halbwegs erholt hat. Dann öffnet er die Augen und grinst breit.

„Fast wäre ich ohnmächtig geworden, Sophie! Ehrlich, ich schwör's!" Er beugt sich zu mir, um mich zu küssen und lacht dann kopfschüttelnd. „So was habe ich noch nie erlebt. Du bist unglaublich, Honey!"

Ich lächele und kuschele mich an ihn.

Ich muss es zugeben: Ich freue mich unbändig! Ich habe nie zu den Frauen gehört, die auf Sex sehr viel Wert gelegt haben. Dementsprechend habe ich mir auch nie Gedanken darüber gemacht, ob ich gut im Bett bin oder eben nicht. Es war mir bisher nie sonderlich wichtig, so wie mir Sex nie sonderlich wichtig gewesen ist. Vor allem in den letzten Jahren nicht mehr.

Natürlich ist Sex eine angenehme Sache, aber es hat mir einfach genügt, wenn ich ab und an mal welchen hatte. Sonderlich experimentierfreudig war ich eigentlich nie und nur sehr selten habe ich selbst die Initiative ergriffen. Allerdings hatte ich, seitdem ich keine festen Beziehungen mehr hatte, ohnehin kaum noch sexuelle Begegnungen.

Mit Matt ist es irgendwie anders. Ich könnte ihn ständig anfassen und er braucht mich nur auf eine bestimmte Art und Weise anzusehen und ich merke, dass ich sofort scharf auf ihn werde. Er gibt mir das Gefühl, mich zu wollen, wie es noch kein Mann zuvor im Bett getan hat und ich verliere bei ihm völlig die Kontrolle über mich.

Matt streichelt meinen Rücken und wartet nur so lange, wie sein Herzschlag braucht, um sich zu beruhigen, dann revanchiert er sich bei mir.

Am nächsten Morgen fühle ich mich angenehm wund und unglaublich befriedigt.

Auch heute ist das Wetter immer noch sommerlich heiß. Trotzdem schafft es Matt, mich zu überreden, noch bis nachmittags in Amsterdam zu bleiben, bevor wir ans Meer aufbrechen.

Durch den Umweg über das niederländische Weingut, das Matt unbedingt besichtigen will, ist es bereits später Abend, als wir in der hübschen, kleinen Pension ankommen, in der er ein Zimmer für uns gebucht hat.

Unsere Unterbringung ist gemütlich und alles erinnert mich ein bisschen an den englischen Landhausstil, den ich sehr mag. Es wirkt rustikal, sauber und ein bisschen kitschig-nostalgisch. Zu unserem Zimmer gehört eine niedliche, kleine Terrasse, die wir ganz für uns alleine benutzen können, das Bad hat Dusche und Wanne, aber keinen überflüssigen Luxus und wenn ich ganz ehrlich bin, dann fühle ich mich hier deutlich wohler, als in dem luxuriösen Hotelzimmer in Amsterdam. Ich passe einfach besser hierher.

„Möchtest du noch irgendetwas machen?“, fragt Matt mich, nachdem wir unser Gepäck in unserem Zimmer verstaut haben.

„Ich möchte noch ans Meer!“ Ich durchsuche meine Tasche nach einem Handtuch.

„Willst Du noch schwimmen gehen?“ Matt sieht mich fragend an und ich zucke mit den Schultern.

„Hier stören uns wenigstens keine Hunde dabei!“ Ich zwinkere ihm zu und er lacht, bevor auch er nach Handtuch und Badesachen greift.

Mit meinem Bikini in der Hand gehe ich ins Bad, streife ihn mir über und schlüpfe dann noch in ein Paar Shorts und ein T-Shirt.

Zurück in unserem Zimmer sehe ich, das Matt sich ebenfalls umgezogen hat und ein frisches Shirt und Badeshorts trägt.

Der Strand ist um diese Uhrzeit beinahe menschenleer. Es fängt schon an dunkel zu werden und nach dem drückend heißen Tag in der hektischen Großstadt legt sich die beinahe meditative Ruhe am Strand wie Balsam über mich. Die Wellen rauschen leise, wenn sie auf den Strand treffen, aber ansonsten ist kein Geräusch mehr zu hören. Selbst die Möwen scheinen sich für heute schon zurückgezogen zu haben. Es ist beinahe windstill.

Ich stehe einfach nur still da und betrachte das Meer, atme die klare, salzige Luft ein. Matt steht hinter mir, die Arme um mich geschlungen und schweigt mit mir gemeinsam.

Irgendwann mache ich mich von ihm los und gehe näher ans Meer und ich teste mit nackten Füßen die Wassertemperatur, bevor ich dann mutig meine Kleidung ausziehe und langsam hinein gehe. Im ersten Augenblick ist es kalt, aber dann ist es herrlich.

Ich tauche einmal ganz unter und schwimme ein paar Züge, bis ich es neben mir plätschern höre und Matt sich zu mir gesellt hat.

„Himmlisch!", sage ich und seufze tief, drehe mich auf den Rücken und lasse mich ein Weilchen einfach nur entspannt auf dem Wasser treiben. Das Licht, das Wasser auf meiner Haut, der menschenleere Strand, all das wirkt beinahe wie verzaubert, die Atmosphäre hier am Strand beinahe märchenhaft schön.

Nach einer Weile stelle ich mich hin und beobachte Matt, der in kräftigen, großen Zügen ein ganzes Stück weit weg geschwommen ist. Seine Bewegungen sind energisch und effizient, im letzten Tageslicht leuchtet seine gebräunte Haut, unter der sich seine beeindruckenden Muskeln bewegen, während er durchs Wasser gleitet. Ich könnte ihm stundenlang zusehen, ohne dass mir der Anblick je zu viel werden würde.

Matt bemerkt, dass ich ihn beobachte, lächelt mir zu und schwimmt in aller Ruhe weiter. Nach ein paar weiteren kräftigen Schwimmzügen taucht er plötzlich unter. Meine Augen suchen die Wasseroberfläche ab, um zu sehen, wann und wo er wieder auftauchen wird.

Eine ganze lange Weile passiert einfach nichts und ich werde immer unruhiger, bis irgendwann Panik in mir aufsteigt.

Er ist doch schon viel zu lange unter Wasser! Meine Stimmung, die vorher noch so sanft und verzaubert war, kippt plötzlich. Der gute Zauber scheint sich jäh in einen schlechten zu verwandeln.

Mein Herz krampft sich angstvoll zusammen und Adrenalin pumpt durch meine Adern, während ich noch immer, jetzt panisch und voller Angst, die viel zu glatte Wasseroberfläche nach ihm absuche.

Die Zeit vergeht und vergeht, aber er taucht einfach nicht wieder auf.

Solange kann er unmöglich die Luft anhalten!

Ich frage mich, ob es hier vielleicht gefährliche Strömungen gibt oder ob er vielleicht irgendwo hängen geblieben sein könnte und jetzt nicht mehr hochkommt und was man in so einer Situation wohl machen soll. Ihn unter Wasser suchen? Bis ich irgendwo her Hilfe geholt habe, wäre er schon lange ertrunken.

Meine Gedanken rasen, für einen Moment fühle ich mich, wie in einem Albtraum gefangen und ertappe mich sogar dabei, dass ich die Augen weit aufreiße, so wie man es machen würde, wenn man versucht, aus einem bösen Traum wieder aufzuwachen.

Irgendwann spüre ich etwas an meinem Bein und ich schreie entsetzt auf, einen Sekundenbruchteil später taucht Matt lachend neben mir auf.

Als er meinen völlig entsetzten Gesichtsausdruck registriert, löst sich seine Ausgelassenheit abrupt in Luft auf.

„Sophie! Hey!“ Er zieht mich ganz eng an sich heran und drückt mich an seinen Körper. „Ich wollte dir keine Angst einjagen. Ich wollte dich erschrecken, ja, aber doch nicht so!“ Er küsst mein nasses Haar und lässt mich nicht los. Mein Herz rast immer noch, doch die Panik lässt ganz langsam nach.

Ich küsse ihn auf den Mund.

„Ich dachte, dir wäre etwas passiert, du warst so lange unter Wasser …“

„Ich bin ein wirklich guter Schwimmer, mein Mädchen. Und hier gibt es kaum Strömungen. Mir passiert hier nichts!“

Ich klammere mich an ihm fest und küsse ihn wieder und er erwidert meinen Kuss. Ich bin so froh, dass ihm nichts passiert ist, dass ich gar nicht mehr aufhören kann, ihn zu küssen und ihn fest zu umklammern. Ich will ihn spüren, will mich davon überzeugen, dass es ihm gut geht und tatsächlich nie Gefahr bestand, dass meine Sorge um ihn völlig unbegründet gewesen ist.

Und wieder kippt die Stimmung, meine Panik wandelt sich mit jeder Sekunde, die unser Kuss länger andauert, zu sich verzehrender Leidenschaft und brennender Lust, zu alles verschlingendem Begehren. Mein Schoß pulsiert und ich habe Mühe, meine Atmung stabil zu halten.

Ich schaue in Matthews Augen und erkenne, dass es ihm genauso ergeht wie mir. Einen Moment lang löst er seine Lippen von meinen und sucht in meinem Gesicht nach der Antwort auf seine unausgesprochene Frage.

Sekunden später schlingt er meine Beine um seine Hüften, schiebt mein Bikinihöschen zur Seite und hebt mich auf seinen wundervollen Schwanz.

Wir lieben uns mitten im Meer, aber selbst, wenn ein später Spaziergänger vorbeikommen sollte, würde er nicht mehr von uns sehen, als unsere verschlungen Arme und unsere innigen Küsse.

Matt schaukelt uns im Rhythmus des Meeres und unser Stöhnen wird vom Rauschen der Wellen weggespült, als wir beide zum Höhepunkt kommen.

Kapitel 21

Unser kurzer Urlaub geht schnell zu Ende und ich will gar nicht darüber nachdenken, dass wir bald wieder nach Hause müssen und unsere gemeinsamen Tage dort bereits gezählt sind. Auch Matt scheint sich so seine Gedanken zu machen und so verbringen wir eine stille, schweigende Heimfahrt miteinander im Auto.

Die uns verbleibenden gemeinsamen Tage daheim verbringen wir fast ausschließlich auf eben diese Art, nämlich gemeinsam und daheim.

Matt ist immer bei mir, ich glaube, er geht nur zwischendrin zu Betty, weil er ihr gegenüber sonst ein schlechtes Gewissen hat und ich nutze dann die Zeit, um zu arbeiten. Trotzdem bleibt eine Menge Arbeit liegen, aber bis zu den nächsten Abgabeterminen ist es noch ein ganzes Weilchen hin und ich habe ja wieder genug Zeit, wenn er weg ist. Manchmal frage ich mich, wie es wohl sein wird, wieder alleine zu sein.

Und jedes Mal schiebe ich diese Gedanken so schnell wieder von mir, dass es mich eigentlich in Alarmbereitschaft versetzen sollte. Ich will nicht darüber nachdenken. Auf gar keinen Fall.

An unserem letzten gemeinsamen Abend sind wir beide schweigsamer als sonst. Wir sitzen bei lauem Sommerwetter auf meiner Terrasse und beobachten stumm die Sonne, die langsam hinter den Bäumen verschwindet und schließlich untergeht. Mich fröstelt es und ich schlinge meine Arme eng um meinen Oberkörper und suche Schutz in Matthews Umarmung.

„Komm!“, sagt er nach einer Weile. Er steht auf und hält mir die Hand hin um mich hochzuziehen.

Er bringt mich ins Haus und schließt die Tür hinter uns. Dann hebt er mich auf seine Arme und trägt mich andächtig die Treppe hoch, in etwa so, als würde er seine Braut über die Schwelle tragen. Lächelnd lasse ich es geschehen, ich verberge mein Gesicht in seiner Halsbeuge und nehme seinen Duft tief in mir auf.

Im Schlafzimmer beginnt er mich auszuziehen. Jeden Zentimeter Haut, den er freilegt, bedeckt er mit Küssen und ich bekomme erst eine Gänsehaut und fange dann an, am ganzen Körper zu zittern. Er küsst meinen Hals, meine Schulter und meine Schlüsselbeine, als er bei meinen Brüsten ankommt, muss ich mir auf die Lippe beißen, um nicht laut aufzustöhnen.

Ich zerre an seinem T-Shirt, das er sich schließlich über den Kopf zieht und einfach auf den Boden fallen lässt. Ich dränge mich an ihn, presse meinen nackten Oberkörper gegen seinen und kann die restliche Kleidung zwischen uns auf einmal nicht mehr ertragen. Beinahe panisch ziehe ich an seinen Sachen, während er mir meine auszieht, und endlich sind wir beide nackt. Seine Haut trifft auf meine und Matt küsst mich, seine Zunge dringt tief und verlangend in meinen Mund ein, während er sich zwischen meinen

Beinen positioniert. Ich spüre seine harte Erektion die um Einlass zu bitten scheint und ich spreize meine Beine noch ein bisschen weiter für ihn.

Während er langsam in mich eindringt, nimmt er den Blick nicht von meinem Gesicht. Als er mich küsst und ich ihn fest mit meinen Beinen umschlinge, ist sein Lächeln vor Erregung bereits ein bisschen verzerrt, aber er hört nicht auf, mich anzusehen. Dann nimmt er meine Arme um sie sich um den Nacken zu legen und zieht mich mit sich hoch, bis wir uns gegenübersitzen.

Mit nahezu gemächlicher Langsamkeit beginnt er sich wieder in mir zu bewegen, während unsere Blicke einander festhalten. Ich halte mich an seinen Schultern fest und lehne meinen Oberkörper weit zurück, um ihn noch besser betrachten zu können. Sein Blick ist weit und offen und ich kann darin lesen, dass für ihn mehr zwischen uns ist, als nur Sex. Er sieht mich an, als wäre ich ein unbezahlbar wertvoller Schatz für ihn.

Immer wieder streichelt und küsst er mich, liebkost meine Brüste, verteilt Hunderte von Küssen auf meinem Hals, meinem Mund und meinen Schultern. Mit sinnlicher, quälender Langsamkeit und unglaublicher Ausdauer treibt er mich immer wieder über meine Grenzen, lässt mich wollüstig über die Klippe springen, bis es mir irgendwann gelingt, ihn mitzureißen. In diesem Moment klammern wir uns verzweifelt aneinander und ich lasse ihn auch nicht los, als ich irgendwann völlig erschöpft einschlafe.

Mit dem letzten bewussten Gedanken, den ich an diesem Tag fasse, erkenne ich, dass ich unendliche Angst davor habe, ab Morgen wieder alleine sein zu müssen.

+++

In seiner letzten Nacht in Deutschland kann Matthew nicht schlafen.

Er betrachtet Sophie, die in seinen Armen liegt und ab und an im Traum die Stirn runzelt. Er hat sie mittlerweile so viele Nächte lang angesehen, wenn sie schlafend neben ihm lag, dass er manchmal fast das Gefühl hat, zu wissen was sie träumt.

Mitunter hat sie im Schlaf gelächelt oder geseufzt und ab und an hat sie seinen Namen gemurmelt und sein Herz damit höher schlagen lassen. Wenn sie schläft, sind die Mauern die sie sonst um sich herum aufgebaut hat verschwunden und sie ist weich, verletzlich, wunderschön und einfach nur Sophie.

Heute ist sie anders, weniger entspannt als sonst. Ihr Schlaf ist unruhig, immer wieder wirft sie sich hin und her, redet unverständliche Sachen und klammert sich dann an ihn, wie eine Ertrinkende.

Er streicht ihr zärtlich übers Haar und drückt einen Kuss auf ihren Scheitel.

„Ach Sophie!“ Matt seufzt schwer. „Wenn du nur nicht ganz so stur wärst!“

Wenn sie nur ein bisschen mehr Vertrauen in ihn und nicht zuletzt in sich selbst hätte, würde er deutlich optimistischer in die Zukunft blicken.

Eigentlich gehört er nicht unbedingt zu jenen hoffnungslosen Romantikern, die bei jeder Gelegenheit gleich ihr Herz verlieren. Genau genommen war er in keine Frau mehr wirklich verliebt, seit er nicht mehr auf der High School ist.

Sein Beruf lässt ihm wenig Zeit dazu und die Tatsache, dass ihn in den USA so ziemlich jeder kennt, macht es auch nicht unbedingt leichter, eine Frau zu finden, die in ihm nicht den bekannten Sportler mit viel Geld in den Taschen, sondern einfach nur ihn selbst sieht. Natürlich gab es immer Frauen in seinem Leben, wenn er es vielleicht auch nicht ganz so hat krachen lassen, wie der ein oder andere seiner Teamkameraden. Aber es gab keine ernst zu nehmenden Beziehungen.

Vielleicht war es so leicht für ihn, sich in Sophie zu verlieben, weil sie ihn am Anfang so gar nicht hat haben wollen.

Und vielleicht ist es jetzt deshalb so schwer, von ihr weggehen zu müssen, weil er erkannt hat, wie sehr er sie will. Wie sehr er sie braucht, um wie viel glücklicher und besser er sich fühlt, wenn er seine Zeit mit ihr verbringen darf.

Er hatte vorher nie das Gefühl, dass ihm etwas gefehlt hat, aber er weiß ganz sicher, dass ihm jetzt etwas fehlen wird. Sophie wird ihm fehlen, wenn er nach Hause kommt und wieder ohne sie wird leben müssen.

Während er wach neben ihr liegt, in der letzten gemeinsamen Nacht, die die beiden miteinander haben, beschließt er, dass er nicht einfach aufgeben wird. Er ist im Leben nicht zuletzt deshalb so weit gekommen, weil er immer an seinen Zielen festgehalten hat. Weil er gelernt hat zu kämpfen, um zu erreichen was er will.

„Stur sein kann ich auch, mein Mädchen!“

Er lächelt, als er ihr hübsches Profil im diffusen Licht des Mondes betrachtet, bevor er doch noch für wenige Stunden einschläft.

+++

Ich bin froh, dass ich Matt nicht zum Flughafen bringen muss. Ich hasse Abschiede! Es wird mir ein ewiges Rätsel sein, warum manche Menschen meinen, einen Abschied so zelebrieren zu müssen, wie man das manchmal sieht. Bahnhöfe scheinen sich für künstlich in die Länge gezogene Abschiede besonders gut zu eignen. So mit aneinander festklammern, bis der Zug schon fast wieder abfährt und einander nachwinken, bis der Zug nicht mehr zu sehen ist.

Was soll so was? Niemand trennt sich gern von einem Menschen, der einem irgendwie nahe steht. Und Abschied tut dann immer in irgendeiner Form weh. Ist es da nicht sinnvoller, den

Abschiedsschmerz so kurz wie möglich zu halten, statt ihn theatralisch in die Länge zu ziehen? Niemand kann mir erzählen, dass er die Zeit, die man so miteinander verbringt, überhaupt noch irgendwie genießen kann. Es sei denn, er hat perverse Neigungen.

Ich jedenfalls bin eindeutig nicht masochistisch genug veranlagt, um mir so etwas geben zu müssen. Ich habe nicht gerne Schmerzen, weder körperliche noch seelische. Und wenn ich schon welche ertragen muss, dann doch bitte so kurz wie möglich. Und Tränen in der Öffentlichkeit stehen mir auch nicht wirklich gut.

Zu meinem großen Glück muss Matt ohnehin seinen Mietwagen am Flughafen abgeben, sodass es kaum Sinn machen würde, wenn ihn jemand anderes fährt. Und auch er scheint kein Freund von großen, theatralischen Abschieden zu sein.

Ich stehe also - zusammen mit Betty - vor seinem Auto und schaue ihm zu, wie er seine Taschen in den Kofferraum packt. Irgendwann ist er damit fertig. Er nimmt erst Betty in den Arm und danach mich.

„Mach es gut, mein Mädchen!“, flüstert er mir ins Ohr. „Ich melde mich bei dir, wenn ich angekommen bin, okay? Und morgen rufe ich dich an. Du wirst mir fehlen.“

Er drückt mich noch ein letztes Mal an sich, gibt mir einen schnellen, letzten Kuss und steigt dann in sein Auto, winkt noch kurz, biegt um die Ecke und ist weg.

In mir macht sich ein dumpfes Gefühl breit. Alles um mich herum fühlt sich plötzlich ganz seltsam an, die Sonne scheint nicht mehr wirklich warm zu sein, der Himmel nicht mehr wirklich blau. Es ist, als hätte jemand alle meine Sinneswahrnehmungen irgendwie heruntergeregelt, einfach leiser gestellt.

Es ist jetzt so endgültig, dass er weg ist. Bald schon werden es tausende von Kilometern sein, die uns trennen. Ich sehe ihn vermutlich nie wieder. Ich fühle mich ein wenig so, als wäre plötzlich jemand gestorben. Als wäre ein Teil von *mir* gestorben.

Ich versuche mir einzureden, dass jetzt endlich wieder Routine in mein Leben einkehren wird. Dass ich wieder dazu komme, in Ruhe zu arbeiten und dass ich überhaupt wieder zur Ruhe komme. Die zwei Wochen mit ihm sind vorbei und ich kann friedlich mein Leben weiter leben.

Ich will zurück ins Haus gehen und gleich damit anfangen, aber es gelingt mir nicht. Ich bleibe einfach auf der Stelle stehen. Unfähig, mich auch nur ein kleines Stück zu bewegen starre ich seinem Auto hinterher, das schon lange nicht mehr zu sehen ist.

Erst als ich Bettys Hand auf meiner Schulter spüre, merke ich, dass ich am ganzen Körper zittere.

„Komm", sagt sie und schiebt mich auf ihr Haus zu, „Komm, ich mache uns einen Kaffee, ja?"

Ich nicke und gehe wie ferngesteuert hinter ihr her.

Erst zehn Minuten später, als ich mit einer Tasse heißem Kaffee in der Hand auf Bettys Sofa sitze, fange ich plötzlich an zu weinen. Ich fange an und kann gar nicht mehr wieder damit aufhören. Wenn es nicht Betty wäre, die neben mir sitzen würde, würde ich mich vermutlich in Grund und Boden schämen, aber vor ihr ist es mir egal. Sie nimmt mir die Tasse aus der Hand, zieht mich in ihre Arme und lässt mich einfach weinen, bis ich das Gefühl habe, keine Tränen mehr zu haben.

„Sophie …“, Betty reicht mir ein Taschentuch. „Ich weiß, dass du Beziehungen mit Männern irgendwann abgeschworen hast. Ich kenne die Gründe nicht, aber du bist eine vernünftige, junge Frau und du wirst bestimmt welche dafür haben. Aber weil du vernünftig bist, will ich dir auch etwas sagen: Du musst nicht so verzweifelt sein. Es muss nicht das Ende sein. Matt ist ein guter Junge …“

Ich schnäuze mir, ziemlich undamenhaft, kräftig die Nase und unterbreche sie.

„Du *musst* sagen, dass er ein guter Junge ist, er ist schließlich dein Enkelsohn!“

Betty lacht kurz in sich hinein.

„Ich habe fünf Stück davon, Sophie, und ich würde das trotzdem nicht über jeden von ihnen sagen! Ich würde dir, wenn ich ganz genau sein soll, bei keinem anderen wirklich raten, dich auf eine Beziehung einzulassen. Aber Matthew und du … ich denke, ihr seid gut füreinander!“

Betty hält einen Moment inne und spielt gedankenverloren mit ihrem Ehering, den sie immer noch trägt, obwohl ihr Mann schon über 20 Jahre tot ist.

„Männer sind nicht immer einfach. Glaub mir, niemand weiß das besser als ich! Und es hat mir nie etwas ausgemacht, alleine zu sein. Ich habe auch nach dem Tod meines Mannes ein glückliches Leben geführt. Ich gehöre wirklich nicht zu denjenigen, die der

Meinung sind, eine Frau würde zwingend einen Mann brauchen, um glücklich sein zu können. Manchmal denke ich sogar, dass es vielen Frauen ganz gut tun würde, wenn sie erst einmal lernen würden, aus sich selbst heraus zufrieden zu sein, bevor sie eine Beziehung eingehen. Ich bin keines von diesen antiquierten Modellen, die meinen, dass Ehe und Familie der einzig wahre Lebensinhalt für eine Frau sind. Es gibt viele andere Dinge im Leben, die ein Leben reich und erfüllt machen können.“

Sie streicht mir übers Haar und betrachtet mich ein wenig versonnen.

„Aber weißt du, Sophie, welches Lebenskonzept man auch immer für sich selbst entwickelt, man sollte ab und an mal überprüfen, ob es noch zu einem passt. Denn wenn man selbst zum Opfer seines eigenen Konzepts wird, dann ist es an der Zeit, etwas zu ändern. Unser Schicksal hält sich leider nicht immer an unsere Konzepte. Und manchmal, da will es seine eigenen Wege gehen. Und dann bleibt uns nichts anderes, als dem nachzugeben und das Beste daraus zu machen. Alles andere würde uns unglücklich machen. Es ist doch im Prinzip meistens ganz einfach: Wenn wir nicht glücklich sind, dann müssen wir etwas ändern, um wieder glücklich sein zu können.

Natürlich ist das in der Praxis nicht immer so ohne Weiteres realisierbar, aber letztendlich ist es, zumindest ein meinen Augen, das einzig halbwegs brauchbare Rezept zum Glücklichsein.

Und du, meine liebe Sophie, siehst im Moment alles andere als glücklich aus. Um genau zu sein, würde ich deinen Zustand sogar als am Boden zerstört bezeichnen. Und ich habe genug

Lebenserfahrung, um zu wissen, dass dieser Zustand auch durch das bewährte Konzept aus viel Arbeit und Ablenkung nicht wesentlich besser werden wird.

Aus eigener Erfahrung kann ich dir übrigens auch sagen, dass Alkohol nicht wirklich weiter hilft …“

Sie lächelt mich an.

„Ich weiß, du willst das alles jetzt nicht hören, aber denk einfach in den nächsten Wochen daran, dass du bestimmt nicht unnötig leiden musst, wenn du es nicht willst. Ich bin mir ganz sicher, dass Matt gerne eine Zukunft mit dir hätte.“

Ich nicke nur, was soll ich schon sagen?

Ich weiß ja, dass sie prinzipiell recht hat. Aber das bedeutet natürlich noch lange nicht, dass sie auch recht haben muss, was mich und mein Leben betrifft.

Ich trinke meinen Kaffee aus und bleibe noch ein paar Minuten sitzen, bevor ich aufstehe und nach Hause gehe. In der festen Absicht, mein Leben weiter so zu leben, wie ich es in der Zeit vor Matt getan habe.

Kapitel 22

In den nächsten Wochen muss ich feststellen, dass zwischen Theorie und Praxis manchmal Welten liegen und das manche Vorsätze, mögen sie auch mit noch so viel festem Willen gefasst worden sein, sich einfach nicht in die Tat umsetzen lassen.

Es geht mir nicht gut. Ich leide wie ein Hund.

Ich habe in meinem Leben nie etwas vermisst, bevor ich Matt kennengelernt habe. Ich liebe meinen Beruf, ich liebe meinen Bruder, ich liebe mein Leben, so wie es in der Zeit vor Matt gewesen ist.

Das mag jetzt komisch klingen, aber es ist so. Ich hatte nie das Gefühl, dass mir etwas fehlt. Ich war schon immer gerne alleine, schon als Kind habe ich stundenlang alleine spielen können, ohne dass ich das Gefühl hatte, mir würde etwas fehlen.

Natürlich war meine familiäre Situation nie ganz einfach und ich habe mir oft Eltern gewünscht, die mehr für mich da gewesen wären, damit ich einfach ein bisschen mehr Kind hätte sein können. Selbstverständlich hat mir meine Mutter nach ihrem Tod gefehlt und tut es noch, weil sie meine Mutter war und ich sie geliebt habe und es vermisse, eine Mutter zu haben. Aber nur um Gesellschaft zu haben und nicht allein sein zu müssen, habe ich andere Menschen eigentlich nie gebraucht.

Ich fand diese Frauen, die sich in einen nichtsnutzigen Jammerlappen verwandeln, wenn sich ihr Partner von ihnen trennt, irgendwie immer eine Spur von lächerlich. Ich meine, natürlich darf man traurig sein, meinetwegen auch am Boden zerstört, aber muss man sich deswegen völlig selbst aufgeben? Das Leben geht immerhin weiter und vor der Beziehung hatten sie ja schließlich auch ein Leben!

Mit Erschrecken muss ich feststellen, dass ich plötzlich selbst keinen Deut besser bin. Ich kann abends nicht einschlafen, nachts wache ich ständig auf und morgens würde ich das Bett am liebsten nicht verlassen. Meine Schlafstörungen nehmen völlig neue Dimensionen an.

Ich sehe schrecklich aus, habe tiefe Ringe unter den Augen und habe keine Lust mehr, mich zurecht zumachen.

Und das alles wegen eines hübschen Neandertalers!

Ich bin zum Opfer eines Neandertalers geworden, das muss man sich mal vorstellen. Jahrhunderte der weiblichen Emanzipation habe ich einfach so über Bord geschmissen, weil eine muskelbepackte Testosteronschleuder gut im Bett ist.

Ich bin von einer selbstbewussten, selbstständigen Frau, die fest im Leben steht, zu einem abhängigen Schwächling degradiert! Was für ein Leben!

Wenn ich früher in der „Was-willst-du-mal-werden"-Spalte in den Freundschaftsbüchern, die immer mal rumgingen „Tänzerin", „Model", „Pferdezüchterin" oder „Prinzessin" geschrieben hätte, dann würde es mir vielleicht nicht soviel ausmachen. Denn die Frauen, die aus solchen Mädchen werden, leiden bestimmt gerne mal ein bisschen für einen Kerl. Aber ich habe immer „Feuerwehrfrau“ geschrieben, ich bin tough, verdammt noch mal!

Leider muss ich mir eingestehen, dass das alles nichts nützt. Ich kann so tough sein, wie ich will, ich bin trotzdem unglücklich.

Matthew ruft mich beinahe jeden Tag an, er erzählt mir, ob er ein Spiel gewonnen oder verloren hat, er erzählt mir, was er zu Mittag gegessen hat und wo er seinen Abend verbracht hat.

Er schickt mir kleine Geschenke, ein Bild von sich, ein Bild von uns und er schickt mir seinen Schlüssel und den Code für seine Alarmanlage.

Damit Du nicht nur weißt, dass Du jederzeit
willkommen bist, sondern auch jederzeit herein
kommen kannst. Ich vermisse Dich.
M.

Ich starre einen halben Tag lang völlig überwältigt auf den Schlüssel und jedes Mal kommen mir die Tränen. Das ist das schönste Geschenk, dass ich je erhalten habe, aber ich befürchte, ich werde es nie nutzen. Matt tut alles dafür, damit ich mich so fühlen kann, als hätten wir eine Beziehung miteinander. Nur in mir sperrt sich irgendetwas noch immer dagegen.

Lukas kommt mich noch öfter als vorher besuchen und wenn er mich ansieht, kann ich die Sorge um mich in seinem Gesicht erkennen.

„Ich kann dich nicht verstehen, Schwesterchen. Du benimmst dich fast, als würdest du um ihn trauern. Als wäre er gestorben oder hätte dich verlassen. Dabei meldet er sich doch ständig bei dir, oder?"

Ich knabbere ohne Appetit an dem Kuchen, den Lukas mir mitgebracht hat.

„Er meldet sich täglich."

„Und warum fliegst du nicht einfach zu ihm und besuchst ihn ein paar Tage?"

„Er kann mich doch gar nicht gebrauchen. Er ist doch viel zu sehr mit seinem Sport beschäftigt …"

Ich versuche mich irgendwie herauszureden. Denn eigentlich ist es eher so, dass ich weiß, dass es gänzlich um mich geschehen wäre, wenn ich Matt besuchen würde. Danach könnte ich vermutlich noch viel weniger ohne ihn leben, als jetzt. Und jetzt ist es schon schlimm genug! Ich habe Angst davor, dass ich es nicht ertragen könnte, für ein paar Wochen bei ihm zu sein und dann wieder alleine zurück zu müssen.

Eine Fernbeziehung auf diese große Distanz wäre schon unter normalen Umständen schwierig genug. Und ich bin mir nicht sicher, ob ich mich überhaupt so sehr auf jemanden einlassen will, ob ich das überhaupt kann. Vor allem aber ist meine Angst riesengroß, wieder enttäuscht und verletzt zu werden. Irgendwie habe ich immer das Gefühl, für eine normale Beziehung gar nicht genug bieten zu können. Ich habe das Gefühl, nicht genug zu sein, sodass mich ein anderer gar nicht wirklich lieben kann.

Lukas sieht mich prüfend an, er kennt mich lange genug, um zu wissen, dass mein Argument nur vorgeschoben ist.

„Weißt du eigentlich, dass er deshalb soviel mit seinem Sport beschäftigt ist, weil er davon lebt und als Quarterback eine ziemlich große Nummer ist?“

Als ich mich nicht rühre, gibt Lukas ein leicht entnervtes Geräusch von sich.

„Ich rede hier nicht von irgendeinem Provinzspieler, Sophie. Er ist ein echter Star!“

Ich blicke entgeistert von meinem Kuchenteller hoch.

„Ich dachte immer, er übertreibt, wenn er das erzählt!“

Lukas verschränkt die Arme vor der Brust und lehnt sich mit gerunzelter Stirn zurück.

„Du willst mir nicht ernsthaft erzählen, dass du nicht weißt, dass er einer der Superstars der NFL schlechthin ist? Dass Kinder sein Poster über dem Bett hängen haben und er unanständig große Summen Geld verdient? Und ich bin mir sicher, er könnte Frauen genug haben, wenn er nur wollen würde. Aber ganz offensichtlich will er das nicht, sondern er will dich!“

„Ich weiß zwar, dass er Football spielt, aber irgendwie haben wir nie so richtig darüber geredet …“, gebe ich ziemlich kleinlaut zu.

„Weißt du wenigstens, wie die Mannschaft heißt, für die er spielt?“

Ich weiß es nicht und es ist mir gerade furchtbar unangenehm, dass ich solche Dinge, über den Mann, der mir so nahe steht, einfach nicht weiß.

Mein Bruder schüttelt nur ungläubig den Kopf und steht auf, um ein paar Augenblicke später mit meinem Laptop wieder zu kommen.

„Es sind die Boston Racoons, Sophie. Sie haben letztes Jahr den Superbowl gewonnen."

Er stellt den Laptop vor mir ab und setzt sich neben mich, ruft Google auf und tippt „Matthew Johnson" in die Suchmaske ein.

Als ich die wahnsinnig hohe Anzahl von Treffern sehe, gebe ich ein erstauntes Geräusch von mir.

Lukas zeigt mir zig Bilder von Matt und mein Herz schlägt immer schneller.

Bilder von ihm beim Footballspielen in voller Montur im Trikot der Boston Racoons, Bilder von Werbeaufnahmen für eine Sportfirma, Bilder von Partys, von Wohltätigkeitsorganisationen, die Liste ist schier endlos.

Da sind sogar Bilder aus irgendeiner Sportkneipe, die eine regionale Zeitung gemacht und online gestellt haben muss. Matt steht da, links und rechts von ihm irgendwelche Teamkameraden, er hält ein Bier in der Hand und grinst breit in die Kamera.

„Die sind ja von letzter Woche!" Ich schaue verwirrt auf das Datum.

„Er wird ständig fotografiert werden." Lukas klingt wenig beeindruckt.

Ich bin völlig fassungslos. Ich wusste ja, dass er vom Sport lebt, aber ich habe irgendwie immer gedacht, er will mich veralbern, wenn er erzählt hat, dass er ständig Autogramme geben muss. Nie im Leben hätte ich gedacht, dass er eine Art amerikanischer Superheld ist.

Nachdem Lukas weg ist, schaue ich mir bestimmt noch eine Stunde lang Bilder von Matthew an, ich lese Artikel über ihn und entdecke sogar Videos, die Ausschnitte aus Spielen zeigen. Mir ist es egal, wie berühmt er ist, auch wenn ich das irgendwie seltsam schockierend finde. Aber ich sauge jede noch so kleine Information über ihn auf, wie einen Schwamm. Und erst, als ich die vielen Bilder von ihm sehe, die vielen Videos und die vielen Artikel über ihn, wird mir klar, wie unendlich ich ihn tatsächlich vermisse.

Ich schaue mir diese Sachen so lange an, bis ich das Gefühl habe, es nicht mehr länger ertragen zu können, ihn zwar zu sehen, aber ihm doch nicht nah zu sein.

Dann erst schalte ich den Laptop endlich aus.

Kapitel 23

Am nächsten Morgen wache ich schweißgebadet nach einer Nacht voller Albträume auf.

Ich gehe ins Bad und als mir mein Spiegelbild aus dem großen Spiegel über meinem Waschbecken entgegenblickt, zucke ich regelrecht zurück.

In meinem blassen Gesicht kommen die dunklen Augenringe besonders gut zur Geltung, um meine Mundwinkel haben sich tiefe Falten eingefressen, die von meinem seelischen Zustand in den letzten Wochen zeugen. Ich bin so unglücklich, dass es mir manchmal die Luft zum Atmen zu nehmen scheint. Ich habe furchtbar viel abgenommen und sehe verhärmt aus, dünn, unzufrieden und ungesund.

Auch das heiße Wasser der Dusche hilft mir nicht dabei, mich besser zu fühlen.

Mechanisch schminke ich mich und ziehe mich an, um in die Küche zu gehen.

Die Stille dort erscheint mir unerträglich, also schalte ich das Radio an und suche einen Sender, in dem möglichst viel gesprochen wird, damit ich wenigstens den Eindruck habe, dass irgendwer mit mir spricht, um das erdrückende Gefühl von Einsamkeit in mir ein bisschen zu lindern.

Immer wieder geistern die Bilder durch meinen Kopf, die ich gestern bei Google gefunden habe. Das breite Lächeln in seinem Gesicht, während er sich mit seinen Teamkameraden in einer Kneipe amüsiert. Er amüsiert sich, während ich hier bin und mich einsam fühle.

Ich setze Kaffee auf und als ich die Kanne aus der Maschine nehme, um mir eine Tasse voll einzugießen, rutscht sie mir aus der Hand, fällt laut scheppernd auf den Fliesenboden meiner Küche und zerbirst in Tausende von Scherben. Der heiße Kaffee spritzt gegen meine Beine und ich schaue fassungslos auf die Schweinerei, die das Ganze angerichtet hat.

Plötzlich packt mich eine unbändige Wut. Meine Hände fangen an zu zittern und ich schaffe es kaum, das Telefon in die Hand zu nehmen und Matts Nummer zu wählen.

Es klingelt ein paar Mal, bevor er den Anruf annimmt und verschlafen meinen Namen murmelt. In Boston ist es drei Uhr morgens, ich habe ihn geweckt, aber mir ist das alles gerade scheiß egal.

„Arschloch!“, schreie ich in die Leitung. „Du bist ein mieses, widerliches Arschloch! Du hast dich in mein Leben geschlichen und alles kaputtgemacht. Ich kann nicht mehr essen, ich kann nicht mehr schlafen, ich kann mich nicht mehr freuen, ich kann nicht mehr leben. Und du bist schuld! Ich wollte dich nicht, wollte nie wieder einen Mann und du hast mich dazu gebracht, dich trotzdem zu wollen!“ Ich brülle Matt an, so laut und hysterisch, dass ich schon jetzt merke, dass meine Stimme heiser wird.

Ich höre Matts Schweigen am Ende der Leitung und ein erstes Schluchzen, das sich plötzlich aus meiner Kehle löst.

„Du hast mich einfach hier zurückgelassen. Wie konntest du nur so sein? Wie konntest du nur so egoistisch sein, zu machen, dass ich mich in dich verliebe und dann einfach wieder verschwinden?“ Ich fange an zu weinen, so heftig, dass ich nicht mehr sprechen kann.

„Sophie!“ Matthews Stimme ist sanft und er klingt ernsthaft bestürzt. „Mein Mädchen. Was machst du denn für Sachen?“

Ich bin immer noch nicht dazu in der Lage, ihm zu antworten, ich schluchze weiter, völlig haltlos.

„Ich liebe dich, Sophie. Ich liebe dich. Weißt du das eigentlich?“ Seine Stimme ist tief und ganz ruhig und ein bisschen heiser, weil ich ihn geweckt habe.

Er liebt mich!

Natürlich hätte ich mir das denken können, natürlich hätte ich es im Prinzip wissen müssen, aber er hat mir das noch nie vorher gesagt. Ich versuche langsamer zu atmen und schaffe es dadurch tatsächlich, mich ein bisschen zu beruhigen.

„Matt! Ich vermisse dich so. Es tut weh, ohne dich zu sein. Alles tut mir weh!“ Meine Stimme ist nur ein leises Flüstern, zu mehr bin ich nicht fähig.

„Ich vermisse dich doch auch, ich hasse es, ohne dich sein zu müssen.“ Mit jedem Wort, das er zu mir sagt, werde ich wieder ein bisschen ruhiger.

„Ich verspreche dir, Sophie, wenn du das wirklich willst, dann finden wir eine Lösung, okay? Sobald ich das nächste Mal ein paar Tage frei habe, setze ich mich ins Flugzeug und komme zu dir, wenn du das möchtest. Oder du kommst hierher. Ich weiß, dass du nicht zu mir ziehen möchtest und dass du nicht von mir abhängig sein willst. Dafür kenne ich dich gut genug. Und ich akzeptiere das. Auch wenn ich es wunderbar finden würde, wenn du einfach zu mir ziehen würdest: Wir werden eine andere Lösung finden, wenn sich das nicht gut für dich anfühlt. Lass mich darüber nachdenken, was es für Möglichkeiten gibt. Und dann komme ich ein paar Tage zu dir und wir finden eine Lösung …“, ich höre ihn am anderen Ende der Leitung tief Luft holen, „… und jetzt beruhige dich ein bisschen, ja? Ich mache mir Sorgen um dich, wenn du so bist.“

„In Ordnung“, flüstere ich gehorsam, weil meine Stimme völlig versagt, „und bitte verzeih, dass ich dich so angeschrien habe. Ich … ich weiß auch nicht, was gerade in mich gefahren ist, ich habe völlig die Beherrschung verloren. Und bitte entschuldige auch, dass ich dich geweckt habe.“ Ich klinge kleinlaut.

„Das ist alles in Ordnung, mein Mädchen. Ich bin für dich da, das weißt du doch! Auch mitten in der Nacht! Ich bin heute den ganzen Tag unterwegs, wir haben ein Auswärtsspiel. Aber morgen Abend rufe ich dich an, okay? Und wenn es nicht zu spät wird, dann melde ich mich heute aus dem Hotel. Aber ich befürchte, du wirst schon schlafen, wenn ich ins Hotel komme.“ Die Zeitverschiebung macht Telefonate manchmal kompliziert.

„Ja“, murmele ich, „so machen wir es. Schlaf noch gut, Matt!“

Er lacht leise. „Ich glaube nicht, dass ich jetzt noch schlafen kann. Aber das ist nicht so schlimm, in einer Stunde hätte ich ohnehin aufstehen müssen, wir fliegen heute schon um fünf Uhr ab.“

„Es tut mir leid, dass ich dich geweckt habe. Und dass ich dich angeschrien habe!“

„Schon in Ordnung. Alles wird gut. Hörst du?“

„Okay. Danke, dass du so lieb zu mir bist. Bis morgen, ja?“

„Bis morgen, mein Mädchen!“ Matts Stimme legt sich wie Balsam über meine aufgewühlte Seele.

Ich lege trotzdem lieber schnell auf, bevor mir wieder die Tränen kommen.

Nachdem ich Kaffee und Glasscherben vom Fußboden beseitigt habe, setze ich mich an meinen Schreibtisch, mit dem festen Vorsatz zu arbeiten und mein Blick fällt auf das Foto, das Matt mir geschenkt hat. Mein Finger fährt die kleine Narbe unter seiner Lippe nach, die man auf dem Bild nur sehen kann, wenn man ganz genau hinschaut. Ich seufze laut und muss mir selbst eingestehen, dass es mir nicht mehr gut gegangen ist, seitdem Matt zurückgeflogen ist. Ich kann nicht mehr schlafen, ich mag nicht mehr essen und ich weiß nicht, wann ich das letzte Mal gelacht habe, aber ich vermute, es war, als Matt noch hier war. Mir tropft etwas Warmes auf die Hand, einmal und dann noch einmal und ich brauche ein paar Sekunden, bis mir auffällt, dass es meine eigenen Tränen sind, dass ich schon wieder angefangen habe zu weinen.

Ich habe immer noch Tränen in den Augen, als es an der Tür klingelt. Lukas und ich hatten eine Verabredung zum Frühstück, die ich völlig vergessen habe. Ich wische mir mit dem Ärmel das Gesicht ab, aber natürlich bemerkt er trotzdem, dass ich geweint habe.

Er mustert mich streng von oben bis unten.

„Du siehst Scheiße aus!", stellt er dann mit seiner ungemein charmanten Art fest.

„Es gibt leider heute keinen Kaffee, mir ist die Kanne runtergefallen!", antworte ich, seine Beleidigung ignorierend und hoffe, dass er diese Antwort akzeptiert und nicht weiter nachfragt. Und ausnahmsweise hält er wirklich mal die Klappe und nimmt mich einfach nur in den Arm, was dazu führt, dass ich sofort wieder anfange zu heulen. Ärgerlich mache ich mich von ihm frei und stapfe in die Küche.

„Du willst mir aber doch wohl nicht ernsthaft weiß machen, dass du wegen der kaputten Kaffeekanne weinst?" Er lehnt sich mit verschränkten Armen an die Wand.

Ich renne hektisch in der Küche hin und her und versuche möglichst beschäftigt zu tun und sage einfach nichts. Ich stelle Teller auf den Tisch suche dann in meinem Schrank nach einer Kanne und einem alten Filteraufsatz, um Kaffee von Hand aufzubrühen. Mein Bruder sieht mir eine Weile schweigend zu und nimmt mir dann die Kanne aus der Hand.

„Setz dich mal hin, ich mach das schon!" Er schiebt mich mit sanfter Gewalt zu einem meiner Stühle und ich setze mich hin und beobachte ihn beim Kaffeekochen.

„Sophie, du weißt schon, dass ich schon lange volljährig und kein kleines Kind mehr bin?“

„Du bist erwachsen, willst du mir damit sagen?“ Ich klinge ironisch.

Lukas dreht sich um und lächelt. „Ganz genau das. Ich glaube manchmal, du hast so lange das Gefühl gehabt, auf mich aufpassen und für mich da sein zu müssen, dass du dabei übersehen hast, dass ich mittlerweile erwachsen bin. Du bist mir wichtig, Sophie, du bist meine ganze Familie und ich habe dich wahnsinnig lieb. Aber du musst dich nicht mehr um mich kümmern.“

Ich ahne zwar langsam, worauf er hinaus will, aber ich frage trotzdem nach.

„Was genau soll deine schöne Ansprache eigentlich bezwecken, Lukas?“

„Ich will, dass du dir einen verdammten Flug nach Boston buchst und endlich zu Matt fliegst! Ich ertrage es keinen verdammten Tag länger mehr, dich so unglücklich zu sehen. Da bekommt man ja Depressionen von!“

„Ich kann nicht einfach so nach Boston fliegen, Lukas!“

„Und warum bitte nicht?“

Ja warum nicht? So ganz genau weiß ich das selbst nicht.

„Wegen meines Jobs. Und was soll ich mit meinem Haus machen? Und was ist mit dir?“

„Ich kümmere mich um dein Haus, solange du weg bist. Und deinen Job kannst du dort genauso gut machen, wie hier. Mal abgesehen davon hast du, wie ich dich kenne, in den letzten Jahren genug Geld auf die Seite gelegt, um auch ohne Job ein Weilchen über die Runden zu kommen. Und ich, ich komme auch alleine zu recht. Du musst ja nicht gleich auswandern. Aber flieg zu ihm und bleib ein Weilchen da. Du hast doch nichts zu verlieren! Du kannst einfach wieder zurückkommen, wenn es nicht gut läuft. Ich weiß, dass ich nur dein kleiner Bruder bin, aber manchmal können auch kleine Brüder ein paar kluge Ratschläge geben. Wenn man etwas gewinnen will, Sophie, dann muss man manchmal ein Risiko eingehen. Das ist einfach so! In deinem Fall ist das Risiko recht überschaubar: Es sind die Kosten für den Flug und die Zeit, die du schlimmstenfalls verschwendest. Und komm mir jetzt nicht mit deinen Gefühlen, noch viel schlimmer als jetzt, kann es dir doch eigentlich kaum noch gehen."

Ich will etwas sagen, aber er lässt mich nicht zu Wort kommen und zieht mich ins Wohnzimmer.

„Du buchst jetzt einen Flug, den nächsten verfügbaren und dann fliegst du nach Boston. Und ich will keine Widerworte mehr hören."

Ich nicke nur und setze mich artig an meinem Schreibtisch. Selbst ich habe eingesehen, dass es so nicht weitergehen kann.

Ich atme tief ein und tief aus, dann klappe ich meinen Laptop auf und buche einen Flug nach Boston. Ich vermute, dass er viel zu teuer ist, aber nachdem ich erst einmal den Entschluss gefasst habe, zu Matt zu fliegen, kann ich es auf einmal gar nicht mehr abwarten. Ich buche einen Hinflug und keinen Rückflug.

„Braves Schwesterchen!“ Lukas küsst mir auf die Wange. „Ich gehe jetzt, damit du in Ruhe packen kannst. Und morgen fahre ich dich zum Flughafen.“

Nachdem er gegangen ist, gehe ich ins Schlafzimmer und packe meine zwei größten Koffer so voll, dass ich sie kaum noch zubekomme. Dann packe ich alles wieder aus und überlege, was ich für ein paar Wochen brauchen werde. Alles andere packe ich in eine große Kiste, Lukas soll mir die Sachen einfach schicken, wenn ich wirklich länger bei Matt bleiben sollte.

Ich recherchiere im Internet nach den Maximalgrößen für Handgepäck und finde dann eine schwarze Sporttasche, die den Anforderungen entspricht. Ich packe zwei Sätze Wechselkleidung, frische Wäsche und ein paar Kosmetikartikel in die Tasche.

Eine geschlagene halbe Stunde verbringe ich damit, nach meinem amerikanischen Pass zu suchen, bis ich ihn, ordentlich in einer Klarsichthülle verpackt, in einem meiner Order finde. Mir fällt ein Stein vom Herzen, denn ich weiß, dass es schwierig bis unmöglich sein dürfte, ohne gültiges Touristenvisum und ohne nachweisbar gebuchten Rückflug überhaupt erst in die USA einzureisen, wenn ich mich nicht als Amerikanerin ausweisen kann.

Ich packe alles ein, dann fahre ich zur nächstgrößeren Bank in der Innenstadt und lasse mir genug Euro in Dollar umtauschen, dass ich zur Not eine Weile mit meinem Bargeld hinkommen kann, vor allem wenn ich darauf angewiesen sein sollte, mir ein Hotel nehmen zu müssen.

Als ich wieder auf dem Weg zu meinem Auto bin, komme ich an einem Dessousgeschäft vorbei, das ein wunderschönes, seidiges, graues Negligé mit schwarzen, kleinen Pünktchen im Schaufenster ausgestellt hat. Ich zögere einen kleinen Moment, dann gehe ich in den Laden und gebe eine schier unanständige Summe für diesen Hauch von nichts aus, zudem ich mir außerdem noch einen passenden Stringtanga und ein Paar halterlose Strümpfe gönne.

Wieder zu Hause angekommen, stecke ich das Geld, meinen Pass und mein neues Negligé mit in die Sporttasche und packe Matthews Haustürschlüssel sowie den Code für seine Alarmanlage mit in die Tasche. Dann überlege ich einen Moment und packe Geld, Pass und Schlüssel in eine kleine Handtasche, sodass ich alles schneller finden kann, und verstaue diese dann wiederum in der Sporttasche.

Bevor ich schlafen gehe, nehme ich ein heißes Bad. Anschließend epiliere ich mir die Beine und creme mich ein, bis sich meine Haut anfühlt, wie Samt und Seide.

Wider Erwarten schlafe ich in dieser Nacht tief und traumlos.

Am nächsten Morgen stehe ich früh auf, ziehe mir eine bequeme Hose, flache Ballerinas und ein schönes Spitzenshirt mit einer Strickjacke darüber an, sodass ich mich jeder Temperatur entsprechend an- oder ausziehen kann. Im letzten Moment packe ich noch ein paar Kuschelsocken mit in die Tasche, falls ich im Flugzeug kalte Füße bekommen sollte.

Ich ziehe mir eine leichte Jacke über, schnappe mir meine Taschen und warte in der morgendlichen Kälte auf Lukas.

Schweigend fährt er mich zum Flughafen. Zum Abschied drückt er mich fest an sich.

„Sei einfach mal glücklich, Schwesterchen!“

Ich kann meine Tränen nur mühsam unterdrücken und blinzele sie so gut wie möglich weg, als ich Lukas einen letzten Kuss auf die Wange gebe.

„Und du pass gut auf dich auf. Und auf mein Haus und auf Betty, okay?“

Er drückt mich noch einmal fest an sich.

„Ich komme schon zurecht, da kannst du dir ganz sicher sein. Und jetzt denk einfach mal nur an dich selbst!“ Entschlossen und energisch schiebt er mich von sich und ich gehe schnell weg, ohne mich noch einmal umzudrehen, damit ich es mir nicht doch noch anders überlege.

Mein Herz ist so schwer und so leicht zu gleich, dass ich kaum weiß, wie ich damit umgehen soll …

Der zweite Teil des Romans
„Die Verlockung des Glücks“ erscheint
voraussichtlich im Herbst 2013!

+++

Weitere Romane von Hannah Kaiser:

„Die Verführung des Mondes"

Eigentlich will sich Luna nur einen ruhigen, kinderlosen Abend zu Hause machen, als sie überraschend in das Leben des ebenso reichen wie attraktiven Anwalts Phillip Dawn stolpert.

Zwischen den beiden knistert es gewaltig, aber Luna ist sich nicht sicher, ob es zwischen ihnen tatsächlich eine Zukunft geben wird.

Und während sie sich noch Gedanken über die Zukunft macht, wird sie von ihrer Vergangenheit eingeholt.

Textbeispiel:

Ich rühre Zucker in meinen Kaffee, erleichtert, eine Beschäftigung zu haben, die dafür sorgt, dass ich mir keine Gedanken mehr darüber machen muss, wo ich meine Hände lassen soll.

Zwischendrin schaue ich kurz auf, um festzustellen, dass er mich immer noch mustert.

Ich tue so, als würde das Zuckereinrühren meine ganze Aufmerksamkeit beanspruchen. Kurz bevor ich eine gesättigte Lösung aus Kaffee und Zucker hergestellt habe, höre ich auf. Ich nippe am Kaffee und verziehe sofort angewidert das Gesicht.

Er grinst. „Zuviel Zucker?“, fragt er mich. Ich werde rot und nicke.

„Soll ich Ihnen einen Neuen bestellen?“, fragt er aufmerksam. Ich schüttele mit dem Kopf, mehr als verlegen. Es scheint heute nicht mein Tag zu sein. Und dieser umwerfende Typ sitzt da, lehnt sich zurück mit einem zufriedenen Lächeln, als könnte er meine Unsicherheit förmlich riechen.

Danksagung

Eine Danksagung zu schreiben ist viel schwerer, als ich mir das vorgestellt hätte.

Zu aller erst danke ich meinen vielen Leserinnen und Lesern, die meinen ersten Roman so fleißig gekauft haben. Ich war (und bin) völlig überwältigt davon.

Und ich danke all meinen Rezensenten, denjenigen, die Positives geschrieben haben, das mich gefreut und ermutigt hat, weiter zu machen.

Aber auch denjenigen, die Kritisches geschrieben haben, denn daraus habe ich viel mitnehmen können, das ich zukünftig in meinen Romanen ändern möchte. Ihr habt mich nicht den kleinsten Fehlern durchkommen lassen und das finde ich toll! Denn Sorgfalt und ein bisschen Akribie sollte man beim Schreiben immer walten lassen. Das ist man sowohl seinen Lesern als auch sich selbst schuldig.

Mein besonderer Dank gilt hier Sabine, die zum Glück unglaublich kritisch ist und meine Manuskripte auseinandergenommen hat, damit ich sie, neu und verbessert, wieder zusammensetzten konnte.

Ich danke meinen Testleserinnen, die sich die Mühe gemacht haben, für mich auf Fehlersuche zu gehen – und natürlich welche gefunden haben.

Ich danke (natürlich) meinem Katharinchen, die sich immer wieder und wieder geduldig meine neuen Ideen für Cover, Titel & Co. angesehen hat, die den immer selben Fehler in auch zum gefühlten 7.896 Mal korrigiert hat und trotzdem noch darüber lachen konnte und die immer an mich glaubt. Danke, dass Du immer für mich da bist, wenn ich Dich brauche, so oder so.

Und, last but not least, danke ich natürlich meiner Familie, weil Ihr einfach die Schönsten, Liebsten und Besten seid.

Impressum:

Herausgegeben durch:

J. Heberlein

Libanonstraße 85

70186 Stuttgart

E-Mail: hannah.kaiser79@gmx.de

Telefon: 015251766609

2419469R00130

Printed in Germany
by Amazon Distribution
GmbH, Leipzig